정신이
들어요?

이제부터
혼자
사셔야 해요

정신이
들어요?

이제부터
혼자
사셔야 해요

둥지 지음

지극히 평범한
서울시 청년 1인가구
에세이

WISERO

서울에는 사용설명서가 없다

　　서울에 올라온 첫날, 나는 어정쩡하게 서서 목적지를 찾아 핸드폰과 거리를 번갈아 보고 있었다. '이래서 말은 제주로, 사람은 서울로 보내라고 한 걸까?' 빽빽하게 줄을 지어 빵빵 경적을 울리는 자동차, 번쩍이는 상가 간판의 네온사인은 내 혼을 쏙 빼가기에 충분했다. 일사불란하게 움직이는 도시 속에서 우두커니 서서 고개만 휘적이고 있는 내 모습은 제주로 가야 할 말이 어쩌다 서울에 불시착한 꼴이었다. 농촌에서 자란 나의 주의력은 이 시끄러운 모습을 흡수하지도 무시하지도 못했다. 정신없는 도시 한복판에서 나는 생각했다. 사실 나는 말이었던 거지. 서울이 아니라 제주도로 가야 했던 거지.

　　서울은 시끄러우면서도 조용한 모순적인 곳이었다. 많

은 차와 사람들, 많은 물건과 노래들이 소란스러웠지만 그 모든 것이 질서정연하고 조용히 착착, 기계처럼 움직였다. 목적지가 정해져 있는 사람과 차들은 한눈팔지 않고 일사불란하게 움직였고, 시골에서 느릿느릿 걸어 다니다가 상경 후 고개를 두리번거리며 천천히 걷는 나는 꼭 이 도시의 불순물 같았다. 그 이질감을 느끼면서 '이 기계 같은 도시에 대체 평화라는 것이, 포근하고 말랑한 것이 존재하긴 할까?' 생각했다.

내가 살던 시골에는 이런 포근하고 말랑한 것이 있었다.

아침에 마당에 나가면 밥을 달라고 울며 다가오는 길고양이의 털을 쓰다듬는 것,

장날에 동네 할머니들이 나를 위해 사 오신 식은 붕어빵을 먹는 것,

논두렁을 따라 산책하다가 유채꽃에 앉은 배추흰나비를 구경하는 것,

만날 때마다 나이를 말씀 드리지만 매번 까먹는 동네 어르신들과 안부를 나누는 것.

'이런 평화로운 생활을 버리고 내가 왜 서울에 왔을까, 내가 찾는 것이, 그리고 내게 필요한 것이 과연 서울에 있을까?'

라는 생각을 상경 초창기에는 자주 했다. 서울은 너무 정신이 없었고, 바빴고, 길고양이는 도망가고, 배추흰나비도 없었다.

나의 첫 서울 생활은 히키코모리의 삶 그 자체였다. 당시 코로나 바이러스로 세상이 좀 떠들썩할 때여서, 대학교 수업은 전면 온라인으로 진행되었고 사적인 모임을 갖기도 어려웠다. 그래도 이대로만 쭉 갔다면 서울에서 자취방을 구할 일이 없었을 텐데, 내가 다녔던 대학은 관련 지침을 손바닥 뒤집듯 자주 뒤집어 나를 서울로 올라오게 했다. 분명 전면 온라인 수업이라고 했는데, 갑자기 다음 주차 수업은 오프라인으로 진행하겠다고 하는 식이었다. 학교에서 본가까지는 왕복 10시간이 걸리니 통학을 할 수도 없고 언제 또 학교가 지침을 바꿀지 모르니, 서울에 눌러앉는 것이 최선이었다.

막상 서울에 처음 올라왔을 땐 큰 걱정이 없었다. 어릴 때부터 적응력 하나는 나름대로 자신이 있었으니까. 학창 시절 내내 나는 환경이 바뀌어도 친구 문제 한번 없이 금방 적응해 금방 할 일을 착실히 잘 해냈었다. 그러니 비록 전염병이라는 변수가 있지만 환경이 바뀌어도 지금까지 그래온 것처럼 잘 지낼 거라고 생각했다. 하지만 혼자 보내는 시간이 점차 길어지니 두렵기 시작했다. 서울에 친한 친구도 친척도 없었고, 학교 외에 별도로 소속된 곳도 없던 나는 좁은 자취방에서 수업과 과제만 하는 생활을 하게 되었기 때문이다. 나중에는 편의점 아르바이트생과의 짧은 인사조차 반갑게 느껴질 지경이었다.

종종 오프라인 수업을 가면 같은 수업을 듣는 친구들과 면을 트고 대화를 할 수는 있었지만 그뿐이었다. 나는 전공 특성상 1학년 때는 전공 수업 대신 교양 수업만 들어야 했는데, 전공 수업과는 다르게 종강하면 친구들과 다시 볼 일이 없다 보니 수업에서 만난 사람들과 친해지기가 어려웠다. 게다가 처음 보는 사이에도 빠른 속도로 친해지는 이곳의 인간관계가 내겐 처음이었다. 고향에서의 인간관계는 같은 유치원에서 만나서 같은 초, 중, 고에 진학하며 천천히 만들어진 관계들이었다. 그렇게 친해지는 방법에만 익숙해져 있었기 때문일까, 나는 빠르고 느슨하게 만들어지는 대학의 인간관계가 낯설기만 했다.

인간관계와 함께 소비에도 큰 변화가 생겼다. 20년 한평생 돈을 '있으면 쓰고 없으면 안 쓰는 것' 정도로만 생각해 왔는데, 서울에서 보낸 첫 달에 찍힌 통장 잔고를 보고는 별별 생각이 다 들었다. 첫 달에 150만원을 넘게 쓴 것이다.

통장 잔고의 전말은 이랬다. 자취방을 채울 가구들을 구매하고 나니 화장실에서 신을 슬리퍼가 없었다. 슬리퍼를 사고 나니 주방 수세미를 걸어둘 집게가 있었으면 좋겠고, 집게를 사고 나니 우산꽂이가 없었다. 그렇게 생활용품들을 채우고 나면 요리할 힘이 없어 샌드위치와 두유를 사서 끼니를 해결했다. 이 생활을 반복했더니 한 달만에 150만원이 사라졌다.

주거 문제도 내 머릿속을 더 복잡하게 했다. 집에 대한 문제는 항상 부모님이 해결했기 때문에 이런 고민을 해본 적이 없는데, 첫 자취방을 구하면서 내 몸 하나 누울 공간을 찾는 게 얼마나 어려운 일인지 느꼈다. 서울의 월세방은 내가 생각했던 것보다 훨씬 비쌌고, 훨씬 열악했다. '본가의 창고를 개조해도 이 방보다는 좋겠다.' 싶은 매물을 둘러보다가 마지막으로 보게 된 매물은 1층이었다. '오피스텔도 아니고 일반 빌라라 보안도 취약한데 1층이라니, 괜찮을까?' 생각하며 들어갔는데 안전만 문제인 게 아니었다. 본가에서 지내던 방 사이즈의 절반도 안 될 만큼 정말 좁았다.

'이 방에 책상과 행거, 매트리스를 모두 놓는 게 가능할까?'

좁은 방 한가운데 서서 내게 꼭 필요한 가구 몇 가지를 떠올렸다. 머릿속으로 열심히 테트리스 하듯 가구를 배치해 보았는데, 그중에서도 자리를 많이 차지하는 매트리스를 어떻게 놓아야 할지 고민했다. 물론 놓을 수는 있지만 24시간 내내 매트리스가 공간을 차지하고 있으면 내가 움직일 수 있는 공간이 거의 없었다. 만약 여기로 정한다면 매트리스는 안 까는 게 좋겠지, 생각했다. 실제로 난 이곳에서 2년간 바닥에 이불을 깔고 지냈다.

화장실도 말썽이었다. 하수구 냄새가 화장실에서 꽤 심하게 올라왔다. "이 지역이 상하수도 시설이 오래돼서 그래요. 지금 부분적으로 공사를 하고 있기는 한데 저층에서는 냄새가 좀 날 수밖에 없어요." 하수구 냄새를 맡고 순간 인상을 쓴 내게 중개인이 설명했다.

하지만 놀랍게도 이 지역에서 이 정도 원룸이면 나쁘지 않은 편이었다. 그전에 살펴봤던 매물들은 훨씬 좁고 어두웠다. 다른 곳에서는 집주인이 집을 소개하며 실수로 침대를 조금 밀쳤을 때 벽지에 생긴 곰팡이와 눈이 마주치기도 했다. 이렇게 좁고 어두운 집에서 살다니, 곰팡이가 안쓰러울 정도였다.

"학교가 바로 앞에 있어서 학교 가기도 좋고, 이 정도면 방도 꽤 넓은 편이에요. 이런 매물 많지 않아요. 원래 말씀드린 가격보다 훨씬 비싼데, 지금 코로나 때문에 방이 잘 안 나가서 집주인이 반전세로 돌린 거예요."

이미 여러 매물을 둘러보고 온 나는 중개인의 말에 동의할 수밖에 없었다. 적어도 이 방은 곰팡이는 없었고, 1층임에도 불구하고 채광이 아주 좋았다. 오후 늦은 시간이었는데도 방바닥이 햇살에 데워져 뜨끈뜨끈했다. 근처에 음식점이 없어서 벌레가 나올 위험도 적었고 무엇보다 골목 끝에 있어 소음 문제를 걱정하지 않아도 됐다. 그런데도 학교까지 5분이 채 걸리지 않으니, 방이 좁고 은은한 하수구 냄새가 난다는 것 외에는 단점이 없었다.

그래서 우선 살아보기로 했다. 원래 월 1,000만원에 65만원을 받는 1층 원룸인데, 집주인이 보증금 5,000만원에 월세 20만원으로 조정해 주었다. 침대 뒤에 곰팡이가 있던, 햇살 하나 들지 않던 그 방이 60만원이었던 걸 생각하면 무척 매력적인 가격이었다. 보증금이 비싸다 해도 청년 전세자금 대출을 받을 수 있는 상황이어서 괜찮았다. 은행에 방문해서 대출 이자가 얼마인지 알아보고, 전기세와 가스비 같은 공과금이 얼마나 나오는지 주인에게 물어 계산해보니 월세와 보증금 대출 이자, 공과금을 모두 포함해 달에 35만원 정도 비용으로 주거를 해결 할 수 있었다. 그래서 은은한 하수구 냄새는 모르는 체하고 살아보기로 했다.

하지만 막상 살아보니 갑갑해서 미칠 지경이었다. 마당이 있는 넓은 주택에서 20년간 지내온 내게는 작은 원룸이 꼭 감옥처럼 느껴졌기 때문이다. 또 길어봐야 2년 지나고 떠날 집이라고 생각하니 취향에 맞게 인테리어를 하기에도 돈이 아까웠고, 이사할 때를 생각해 가볍고 값싼 가구들을 채워 넣은 것도 생활을 더욱 불편하게 했다. 특히 방 안 가득 울리는 냉장고 소음이 수면과 휴식을 방해했다. 주인이 가성비라 쓰고 소음 증폭기라고 읽는 브랜드의 냉장고를 선택했기 때문이다. 밤에는 이불을 펴고 바닥에서 자는 바람에 바닥과 귀가 가까워져 소음이 바닥을 타고 밤새 내 고막을 두드렸다. 묵직한 기계음은 꿈에서 탱크로 변해 나타났다.

공간도, 인간관계도, 소비패턴도 갑작스럽게 바뀌어 혼란스러웠다. 하지만 무엇보다 부담스러웠던 것은 이 많은 변화가 내게 안긴 수많은 선택지였다. 매 끼니는 어떻게 해결할지, 어느 정도 가격대의 가구를 살지, 누구를 만날지가 모두 내 결정만을 기다리고 있었다. 새로운 환경에서 시작한 자취는 백지에 그림을 그려나가는 것 같은 완벽한 자유의 즐거움을 주기도 했지만, 이어지는 자잘한 선택을 현명하게 해내야 한다는 불편한 부담감도 함께 주었다.

지금은 익숙했던 모든 것으로부터 떠나온 그날로부터 몇 년이 지났다. "길고양이도 도망가고, 배추흰나비도 없어!"라며 툴툴거렸던 그때는 마냥 본가로 돌아가고 싶기만 했다. 그런데도 꾸역꾸역 살다 보니 그럭저럭 지내게 되었다.

이제는 서울에서 누릴 수 있는 포근하고 말랑한 것을 조금씩 찾아가고 있다.

사랑하는 사람과 북적이는 버스에 함께 구겨져서 야경을 보고,

한강에서 마주친 리트리버에게 인사를 해주고,

오랜만에 만난 친구를 나만 아는 예쁜 동네 술집에 데려가 날이 새도록 수다를 떠는,

작고 소소하지만 말랑한 것이 서울에도 있었다.

완벽한 자유가 주어진 서울에서 새로운 것을 배우고, 도전하고, 나만의 기준을 세워나가면서, 서울에서의 나도 시골

에서의 나만큼 행복해졌다. 소란했던 서울의 풍경이 이제는 배경이 되었고, 나는 서울에 불시착한 게 아닌, 어엿한 상경을 이뤄낸 것으로 기억을 다시 그려낼 수 있게 되었다.

서울 사람이 되었다고 처음 느낀 순간은 본가인 시골에 내려갔을 때였다. 서울에서 몇 년을 지내도 여전히 가족의 품이 그리워 본가에 곧잘 내려가는데, 정작 본가에 있으면 서울에 있는 것들이 그리워진다. 사랑하는 사람, 학교 도서관, 집에 있는 식물들, 냉장고에 넣어둔 마카롱과 같은 것들이 떠오른다. 결국 특별한 일이 생긴 것도 아닌데 금방 다시 서울로 올라오고 말았다. 이제야 서울에 둥지를 틀었구나, 싶어 아쉽기도 하고 기쁘기도 했던 그 순간 생각했다.

'이런, 꼼짝없이 서울 사람이 되어버렸네!'

차례

2장   아쉽게도 돈 많은 백수가 아니라서

3장 조금은 알 것 같기도 하고

1장

회색
도시에서

춤을

자취방에 낮선 남자의
손이 들어왔다

주변 친구들의 이야기를 들어보면 부모님이 자취를 허락하지 않는 경우가 꽤 많았다. 아무리 불편하다고 부모님께 어필해도 기숙사에 살게 하거나, 왕복 3시간이 걸리더라도 통학을 하게 하는 친구들을 보면, 그들 부모님이 이해가 안됐다. 아직 경제적으로 독립하지 못한 반쪽짜리 성인이지만 그래도 성인인데!

자취가 돈이 너무 많이 들어 그런가, 생각했는데 마냥 그렇지도 않았다. 특히 내가 다닌 대학교의 경우 기숙사비가 저렴하지 않아서 보증금만 마련할 수 있다면 기숙사비와 비슷한 비용으로 자취를 할 수 있었다. 그렇지만 엄마에게 그런 이야기를 하면 "남자애면 모를까, 여자애가 혼자 산다고 하면 부모는 당연히 불안하지!"라는 답이 돌아왔다. 안전이 걱정이라는 거였다. 나는 이 안전한 대한민국에서, 그것도 서울에서 무슨 그런 걱정을 하나 싶었다. 새벽 두 시도 꼭 대낮 두 시처럼 밝고 사람이 북적거리는데.

자취, 기숙사, 하숙 등 여러 주거 형태 중에 자취를 선택할 때, 혼자 지내서 외롭진 않을까 걱정해 본 적은 있어도 혼자 지내서 위험할 거라는 생각은 해본 적 없었다. 운 좋게 지금껏 한 번도 여성이기 때문에 겪기 쉬운 범죄의 대상이 아니었기 때문이다. 정형외과에 가면 '무슨 종목이냐?'라는 질문을 들을 정도로 골격이 크고, 키도 여자의 평균 키를 10cm 넘게 웃돌았기 때문일까? 어려서부터 위협이라고 느낄 만한 일을 겪어본 적이 없었다. 그래서 더더욱 안전에 대해 자신만만했다. 나는 안전한 대한민국에, 그것도 사람이 많은 서울 한복판에 살고 있으니 더욱 별일 없을 거라 믿었다. 처음 구한 자취방이 1층이기는 해도 새로 설치한 튼튼한 방범창이 있었고, 만날 때마다 웃으며 인사해 주는 친절한 이웃들도 있어 불안하지 않았다. 하지만 첫 방을 얻고 멀지 않은 시기에 나는 이 방을 탈출해야겠다는 생각을 하게 되었다.

때는 낮에서 저녁으로 넘어가는 오후였다. 오랜만에 아무 일정이 없었던 여유로운 날이었고, 눈을 찌를 기세로 들이

닥치던 해가 유순해져 딱 나른하게 뒹굴기 좋은 날씨였다. 3층의 남자아이가 엄마의 손을 잡고 발랄하게 현관문을 여는 소리가 들렸고 옆 건물의 아이는 여전히 바이엘과 씨름하고 있었다. 일주일째 같은 곡만 맹연습하는 걸 들으며 '나중에 뭘 해도 될 아이구나!' 생각하며 잠옷 차림으로 뒹굴다가 마침 걸려온 전화를 받으며 여유롭게 수다를 떨던 그때, 창문이 열리는 소리가 들렸다.

깜짝 놀라 눈을 돌리는 사이, 마디가 두툼하고 보라색의 핏줄이 울룩불룩 올라와 있는 남자의 굵은 손이 내 자취방 안으로 들어왔다.

나는 단 한 번도 이런 일이 생길 거라 상상해보지 못했다. 실제로 1년 넘게 그 집에 살면서 이런 일이 생긴 적은 처음이었다. 3층에 사는 남자아이가 장난으로 우리 집 방충망을 열다가 나한테 들켜 주의를 준 적이 있긴 하지만, 장성한 남자가 갑작스럽게 내 방 창문을 확 여는 일이 생길 거라고는 상상도 못 했다. 내가 입주할 때 새로 설치한 튼튼한 방범창도 있어 더더욱 마음을 놓고 살았다. 하지만 아무리 튼튼한 방범창이라도 사람 손 정도는 들어올 수 있다는 사실을 생각했어야 했다.

"여기서 나가려면 어디로 가야 해요?"

낯선 손이 들어온 이후 낮고 굵은 목소리가 들렸다. 단정하고 정중한 목소리였지만, 온몸에 털이 서는 게 느껴졌다.

내 자취방은 막다른 골목에 있었다. 이 골목에서 나가려면 그냥 반대편으로 걸어가면 될 일이었다. 문이 열리는 소리가 날 때는 당황스러웠지만, 어이없는 질문을 듣고 나자 무척 화가 났다. 내 방 창문을 연 것이 장난이든, 그 안에 정말 불순한 의도가 있든, 그 남자는 무슨 권리로 평화로운 오후를 박살 내고 내 일상을 불안하게 만드는 걸까, 화가 나서 격하게 따져 들었다. 여기 길이 저 오른쪽으로 나가는 길 말고 더 있냐, 남의 집 창문을 이렇게 불쑥 여는 게 얼마나 사람을 불안하게 만드는지 아느냐, 한 번만 더 이러면 바로 경찰에 신고하겠다, 하며 큰소리를 냈다. 그 남자는 가만히 듣다가 미안하다는 짧은 말과 함께 사라졌다.

일단 화를 내고 나니 공포감이 몰려왔다. 방범창이 없었다면 어떻게 됐을까? 여자 혼자 사는 걸 알았으니 다시 와서 해코지하는 건 아닐까? 그냥 없는 척할 걸 그랬나? 내가 잠옷이 아니라 속옷만 입고 있었다면 어떻게 됐을까?

그날 이후로 안전에 대한 불안이 생겼다. 어두운 골목길도 아무 생각 없이 쏘다니던 내가 조금만 어두워져도 지름길 대신 대로변으로 향했고, 창문은 이중으로 꼼꼼히 잠갔다. 어느 날은 누군가가 밤에 내 원룸을 들여다보는 악몽을 꾸기도 했는데, 그 이후로는 항상 커튼을 치고 지냈다.

　그 자취방은 더 이상 나만의 공간이 아니었다. 좋은 사람들이 만들어준 세상에 대한 믿음을 어느 날 불쑥 들어온 손이 깨부쉈다. 누군가가 내 공간을 침범할 수 있다는 의심이 생기니 집 안에서도 자유롭지 못했다. 여름밤이면 창문을 열어 두고 커튼만 치고 자던 소소한 행복도, 낮에 집에 있을 때 커튼을 제쳐 두고 햇빛을 즐겼던 일상도 더 이상 누리지 못했다. 열려 있는 모든 것들을 걸어 잠그고, 안 보이게 가리면서도 불안했다. 더 이상 이 방은 나만의 공간과 시간을 보장해 줄 수 있는 방이 아니라는 생각이 들었을 때 나는 이사를 결심했다.

운명의 집은 없다

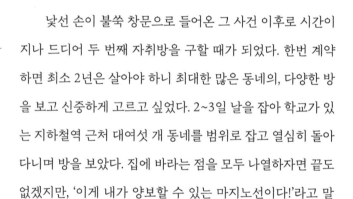

낯선 손이 불쑥 창문으로 들어온 그 사건 이후로 시간이 지나 드디어 두 번째 자취방을 구할 때가 되었다. 한번 계약하면 최소 2년은 살아야 하니 최대한 많은 동네의, 다양한 방을 보고 신중하게 고르고 싶었다. 2~3일 날을 잡아 학교가 있는 지하철역 근처 대여섯 개 동네를 범위로 잡고 열심히 돌아다니며 방을 보았다. 집에 바라는 점을 모두 나열하자면 끝도 없겠지만, '이게 내가 양보할 수 있는 마지노선이다!'라고 말할 수 있는 세 가지 기준을 가지고 부동산에 방문했다.

1. 학교 근처이거나 환승 없이 한 번에 학교로 갈 수 있
    는 대중교통이 있을 것

처음 혼자 살아보니 신경 써야 할 게 한둘이 아니었다.
빨래, 요리, 청소, 공과금 납부까지 다 내 몫이었다. 가뜩이나
생활을 유지하는 데 드는 시간이 서울이 본가인 친구들에 비
하면 훨씬 더 많을 수밖에 없는데 이동시간까지 긴 곳에 살고
싶지 않았다. 방이 좁고 약간 비싸더라도 학교 근처, 혹은 한
번에 학교로 갈 수 있는 대중교통이 있는 곳을 중심으로 중개
인에게 소개를 부탁했다.

2. 2층 이상인 빌라, 혹은 오피스텔

앞서 언급했듯 나의 첫 자취방은 1층이었다. 골목 끝에
있는 건물이라 유동 인구가 많지 않았음에도 불구하고 불쾌
한 일을 겪었다. 무엇보다 지옥의 장마철을 보내고 나니 반지
하나 1층에 살기가 무서웠다. 물론 건물 외벽에 누수가 있는
경우 1층이 아니어도 안심할 수는 없지만 반지하와 1층은 우
선 피하기로 했다.

3. 상가 골목에 위치한 건물이 아닐 것

친구네 자취방에 놀러 가 하루 자고 온 적이 있는데, 상

가가 있는 골목에 자취방이 있었다. 끼니를 해결하거나 약속을 잡기에도 좋아 보였고, 오피스텔이라 관리가 잘 되고 있어서 유동 인구가 많아도 보안 문제가 생길 것 같진 않았다.

그런데 밤이 되자 술에 취한 사람들이 골목으로 나오기 시작하면서, 취객들이 만드는 소음이 집 안을 침범하기 시작했고, 새벽에 편의점에 가려고 잠깐 나갔다가 상가의 음식 냄새를 맡고 모인 듯한 바퀴벌레 가족과 마주치기도 했다. 설상가상으로 어느 날 밤, 그 집에 사는 친구는 밤에 집 앞 골목을 걷다가 음주운전 중이던 차의 사이드미러에 치여 다치기도 했다. 그래서 사람이 많은 만큼 사건사고도 많을 수밖에 없는 상가 골목은 피해야겠다고 생각했다.

이 간소한 기준을 가지고 부동산을 15곳 정도 돌아다니며 30개가 넘는 방을 보았다. 그중 한 방이 마음에 딱 꽂혔다. 보자마자 '이 방이다!' 싶었다. 3층에 약 7평 정도 되는 방이었는데, 구옥이라 그런지 층고가 꽤 높은, 넓은 방이었다. 앞서 말한 위 세 가지 요건을 충족한 것은 물론이고 그 외에도 장점이 정말 많았다.

1. 큰 창이 두 개나 있었다.

'원룸이 이런 큰 창이?' 싶을 정도로 무척 큰 창이 두 개나 나 있었다. 동향이라 아침에 해가 잘 들어온다고 해서 오후에 한번 보고 오전에 다시 보러 갔는데, 햇살이 너무 강하게 들어와서 봄인데도 방바닥이 뜨끈뜨끈했다.

심지어 그 창 너머로 옆집 전원주택의 멋진 나무들이 보였다. '포레스트 뷰'까지는 아니어도 '트리 뷰' 정도는 되는 풍경이었다. 침대를 창가에 두고 누우면 옆집 정원의 나무와 청량한 하늘을 같이 볼 수 있었다.

그 근처 건물이 대체로 낮은 편이라 하늘도 잘 보였고, 옆집의 나무들도 정원사가 주기적으로 관리하는지 모양이 예뻤다. 남이 잘 가꾼 조경을 덩달아 같이 누리다니! 사람들이 말하던 소소하고 확실한 횡령, '소확횡'이 이런 걸까? 동글동글 예쁘게 모양이 잡힌 나무와 뭉게구름을 보면서 침대에 누워있는 나를 상상해보니, 이 집이 내가 꼭 잡아야 할 운명의 집처럼 느껴졌다.

2. 위치가 좋았다.

마을버스를 타면 학교가 5분도 채 걸리지 않고, 역까지는 걸어서 10분도 걸리지 않았다. 횡단보도 하나 건너면 마트가 있었고 건물 바로 옆에 주민센터가 있었다. 대형 편의점, 세탁방, 저렴한 구민 생활체육관, 한 블록에 하나씩 있는 카페들까지, 웬만한 서비스는 도보 10분 내로 이용할 수 있었다.

무엇보다 가까운 거리에 초등학교와 중, 고등학교가 있어서 동네 분위기가 무척 깨끗했다. 내 또래의 청년보다는 어린아이들과 어르신이 많은 동네였다. 심지어 근처에 무척 크고 오래된 성당까지 있어서 길을 걸으면 수녀님과 신부님도 많이 보였다. 그래서인지 밤에도 안전한 기분이 들었고, 길에서도 가정적인 분위기가 풍겼다.

3. 집주인이 바로 아래에 살았다.

생활에 일일이 간섭할 것 같다는 이유로 집주인과 한 건물에 사는 걸 싫어하는 사람도 있겠지만, 대체로 집주인이 한 건물에 살면 건물 관리도 깨끗하게 하고 입주민의 문의에 응대를 더 잘해준다. 지난번 자취방에서는 집주인이 다른 동네에 살았었는데 아주 사소한 요청도 몇 주가 지나서야 해결해주곤 했다. 물론 집주인마다 다르긴 하겠지만, 대체로 집주인 본인도 더러운 건물이나 보안이 약한 집에서 살고 싶지 않을 테니 건물 관리나 응대에 빨리 대처하는 편이다.

이 방의 집주인은 내가 본 집의 바로 아래층인 2층에 살고 계셨다. 푸근한 인상을 가진 할머니셨는데, 부동산 아저씨에게 슬쩍 물어보니 해달라는 건 웬만하면 해주는 분이라고 했다. 월세만 밀리지 않게 입금하면 도배나 장판, 여타 요구들을 대체로 다 들어주는 분이시라고. 실제로 입주 후 냉장고가 고장 났던 아침, 당일 오후에 바로 새 냉장고로 바꿔주셨다. 하지만 '언제 어떻게 바꿔주겠다'는 이야기는 해주지 않으셔서, 오후까지 늦잠을 자고 있었던 날 갑자기 창문이 열리더니 내 머리 위로 새 냉장고가 들어왔다. 3층 집으로 오면 낯선 남자의 손이 불쑥 들어오는 일은 없을 거라고 생각했는데…. 하지만 그 손도 S전자의 예쁜 신상 냉장고와 함께 들어오니 반가웠다.

4. 처음 책정한 예산보다 보증금이 절반 이상 낮았다.

월세도 예산 안의 금액이었는데 보증금이 예산보다 절반이나 저렴했다. 결국 돌려받을 보증금이긴 하지만 2년 후의 돈의 가치는 지금과 다를 것이기에 보증금이 저렴한 것도 매력 포인트였다.

보증금을 올리고 월세를 낮출 수 없겠냐고 물어봤더니 월세를 생활비로 쓰고 있어서 그건 어려울 것 같다고 하셨다.

'그래도 예산의 절반을 아꼈으니, 꽤 괜찮은 가격대가 아닌가?'라는 생각에 이 방으로 마음이 점점 기울기 시작했다.

이 설명만 들으면 누구나 '이 정도면 괜찮은데?'라고 생각할 것이다. 하지만 그해 여름에 이곳에 입주한 나는 1년이 채 지나기도 전, 그해 겨울부터 후회를 하기 시작했다. 앞서 말한 것처럼 장점이 많긴 하지만, 이곳은 기본적인 '집'의 기능을 잘 못하는 방이었다. 그런데 오후에 큰 창을 통해 들이닥치는 햇살, 창문 너머로 보이는 동글동글 예쁜 나무와 푸른 하늘이 주는 낭만이 내 눈을 가려버렸다. 집은 낭만으로 구하는 게 아닌데…. 내가 더 꼼꼼하게 살펴봤어야 하는 요소들은 아래와 같다.

1. 몰딩 아래에 물 자국이 남아있던 벽지

전월세 계약서에는 부동산에서 건물 상태를 점검하는 장이 포함되어 있다. 남향인지 동향인지, 건물에 균열이 있는지 없는지 등을 체크하는 페이지인데, 당시 공인중개사는 "오래된 건물이라 균열이 있을지도 몰라서 체크하는 거예요. 딱히 관련된 문제는 없을 거예요."하고 '균열 있음'에 체크 표시를 했다. 누수 여부를 체크하는 공간에는 '없음'에 체크하길래 별생각 없이 '그치, 구옥이면 균열이 있을 수 있지.' 하고 말았을 뿐인데, 그 균열에서 물이 새기 시작할 줄은 몰랐다.

장마철에 벽 부분이 조금씩 울기 시작하더니 축축하게 젖었고, 금세 곰팡이가 피기 시작했다. 집주인에게 연락했더니 건물 균열 사이로 비가 들어와서 그렇다며 장마철이 끝나고 나면 방수 작업을 해주겠다고 했다. '그러면 장마철 동안에는 어떡하지? 비가 오면 또 벽지가 다시 젖을 텐데' 생각했지만, 이건 내 선에서 해결할 수 없었다. 장마철에 괜히 방수 작업을 하다가 비가 쏟아지면 말짱 도루묵이 되는 것도 맞는 말이니 지금 당장 방수작업을 해달라고 조를 수도 없는 노릇이고. 그러니 결국 폭우가 쏟아지는 날에는 벽지가 젖고 있지는 않는지 틈틈이 확인하다가, 벽지가 젖어오면 물을 닦아내고 젖은 부분을 선풍기로 계속 말리는 수밖에 없었다. 하지만 이미 벽지는 벽에서 떠서 울고 있고 곰팡이 자국을 아무리 닦아내도 벽지는 그전으로 돌아오지 않았다.

그러니 계약서에 적힌 건물 컨디션을 잘 확인하고, 건물 관리인이나 부동산 중개인이 은근슬쩍 아무것도 아닌 것처럼 넘기려고 해도 더 물어보고, 더 알아보자. 집을 방문했을 때 누수가 있는지를 확인하려면 천장의 벽지나 천장과 이어지는 벽의 윗부분, 그러니까 몰딩 바로 아랫부분의 벽지가 울고 있지는 않은지 확인해보면 좋다. 특히 건물 외벽과 맞닿아 있는 방, 건물 외벽이 나무 합판으로 마감된 방은 구옥일 경우 물이 샐 가능성이 있으니 몰딩과 창문 근처 벽지에 곰팡이 자국이나 물 자국이 있는지 유심히 확인해보자.

2. 책장을 살짝 들어냈을 때 보였던 거뭇한 곰팡이 자국

방을 처음 보러 갔을 때 가구를 이리저리 옮겨보다가 책장 뒤 벽지가 거뭇하게 얼룩져 있던 걸 봤다. 곰팡이는 아닌 것 같아서 집주인에게 물어보니, 전 세입자가 한곳에 가구를 너무 오래 둬서 생긴 자국이라며, 들어올 때 새로 벽지를 도배해 주겠다고 해서 '그런가 보다'하고 넘겼다.

겨울에 회사를 다니느라 너무 바빠 집에서는 잠만 잤던 때가 있었다. 그날도 어김없이 너무 지쳐서 집에 들어오자마자 샤워하고 침대에 누웠는데, 머리맡에 못 보던 얼룩이 있었다. 순간 온몸에 소름이 돋으면서 벌떡 일어나 침대를 벽에서 떼어냈다.

입주 전에 봤던 얼룩진 자국의 모양 그대로, 침대의 헤드부터 바닥만큼의 높이인 세로 40cm에 가로 20cm 정도의 엄청난 크기로, 까만 곰팡이가 포슬포슬 벽에 피어 있었다. 방을 처음 봤을 때 만난 그 얼룩진 자국이 가구 때문에 생긴

게 아니라 곰팡이를 지울 때 생긴 자국이었던 것이다. 어쩐지 며칠째 자꾸 콧물이 나고 기침이 잦더라니, 머리맡에 엄청난 크기의 곰팡이를 두고 자서 그랬던 모양이다.

살면서 그렇게 큰 곰팡이는 처음 봤다. 내가 사는 공간에서 곰팡이를 본 게 처음이라 너무 놀랐다. 우선 화장실을 청소할 때 쓰는 락스 세제를 벽에 뿌려 닦아내고 침대 아래에서 잠을 청했다. 머릿속에는 많은 생각이 들었다. '집주인한테 또 연락해야 하네. 곰팡이가 지워질까? 지워져도 자국이 남을 텐데 새로 도배를 해줄까? 설마 단열재를 안 넣고 콘크리트 위에 바로 벽지를 발랐나? 그러면 겨울에 결로 현상 때문에 곰팡이가 생길 수도 있다고 들었는데…'

바빴던 하루의 끝에서 온갖 생각이 맴돌았고 그날 1시간 단위로 계속 잠에서 깼다. 집에 누워있다가 그 곰팡이가 더 번져서 내가 누워있는 곳을 덮칠 것만 같았다. 그 곰팡이 포자가 공기를 떠다니며 내 호흡기에 들어오고 있다고 생각하면 소름이 끼쳐 숨도 쉬고 싶지 않았다.

다음 날에 바로 곰팡이 박멸에 유용하다는 스프레이를 사서 곰팡이를 지웠다. 곰팡이는 지워졌지만, 까만 자국은 여전히 남아 있었다. 결국 나는 그 벽이 가려지도록 가구 배치를 바꾸고, 집주인에게 지우기 전 찍었던 곰팡이 사진을 보냈다. 집주인과 이야기를 나눠보니 역시 단열재를 바르지 않았다고 했다. 하지만 벽지를 뜯어내고 다시 단열재를 발라줄 수는 없다고 했다. 그렇다면 내가 겨울에 난방을 과하게 따뜻하게 하는 수밖에 없는데, 당시 나는 수면 잠옷과 수면 양말로 중무장한 채 최소한의 난방을 했는데도 매달 난방비가 달에 15만원이 나왔었다(어쩐지, 난방을 해도 해도 춥더라니! 단열재를 안 써서 그랬던 거였다). 여기에서 얼마나 더 많은 돈을 들여야 할지 걱정이 앞섰고, 다음 겨울이 너무 막막하게 다가왔다. 검은 자국을 보면서도 새로 도배를 해주겠다는 집주인의 말을 제대로 확인하지 않았던 과거의 내가 원망스러웠다.

그러니 혹시 입주할 방에, 특히 가구 뒤에 검은 자국이 있거나, 창문 근처에 벽지가 살짝 떠 있는 걸 봤다면, 이건 곰팡이가 생길 수 있는 환경이라는 걸 떠올리고 도망치자! 포털에 '곰팡이 자국'이라고 검색하면 이미지가 많이 나온다. 그 이미지들을 눈에 익혀 뒀다가 집주인이나 공인중개사의 '커피를 쏟아서, 가구를 한 자리에 오래 둬서' 같은 말에 속아 넘어가지 않도록 하자.

3. 에어컨 청소 여부

방을 처음 보러 갔을 때 집주인이 에어컨 청소를 해 두었다고 했다. 그래서 나는 했겠거니, 하고 말았다. 그런데 입주 후 에어컨을 틀어보니 묘하게 곰팡이 냄새가 났다. '설마설마'하며 열어보니 내부가 너무 더러웠다. 집주인에게 전화했더니 본인은 에어컨 외부만 청소했다며, 영 못 쓰겠으면 에어컨 청소 업체를 부르라고 했다.

　그래서 여기저기 찾아본 후 후기가 좋은 곳으로 예약했는데, 스팀 청소를 하던 도중 에어컨 뒤로 물이 새기 시작했다. 때가 가득한 물은 벽지를 적셨고 벽지에는 얼룩이 지기 시작했다. 그 에어컨 기사는 당황하면서 뒷수습을 시도했지만 일은 점점 더 엉망으로 흘러갔다. 내가 왜 물이 새냐고 물으니 "모르겠어요…"만 반복했다. 그러고는 못 하겠다며, 짐을 싸서 뒷정리도 제대로 하지 않은 채 집을 빠져나갔다.

　다른 기술자를 불러 물어보니 에어컨이 너무 오래되어서 그렇다고 했다. 작동에 문제가 없어도 사용한지 오래된 에어컨에는 미세한 균열이 있을 수 있어서, 이렇게 오래된 에어컨은 청소를 못 한다고 했다.

　곰팡이 사건에 천장 누수, 에어컨 물때까지 묻은 벽지를 어떻게든 가려보려 했지만 역부족이었다. 결국 집주인에게 새로 도배해 달라고 요청하니 '그냥 대충 살아~'라는 식의 성의 없는 대답만 돌아왔다. 물론 에어컨을 교체해 주겠다는 대답도 받지 못했다. 에어컨을 청소해서 사용해야 한다는 개념 자체가 없는 90대 어르신을 설득하는 건 정말이지 쉽지 않았다.

입주 전후로 느낀 사소한 불협화음이 이렇게까지 불어 날 줄은 몰랐다. 한번 실수해도 다음에 같은 실수를 반복하지 않으면 된다지만, 주거와 관련된 실수는 파장이 너무 크다. 몇 개월 살아보고 도저히 못 살겠다 싶어 이사를 하려고 해도 품이 너무 많이 들고, 집주인과 크고 작은 마찰이 생길 때 눈치를 보게 되는 것은 결국 세입자다.

보자마자 '내 집이다!' 싶었던 운명의 집은 살아보니 문제투성이 방이었다. 비가 새고, 곰팡이가 겨울마다 튀어나오고, 난방비가 달에 15만원이 넘게 나오는 집이었다. 그 외에도 갑자기 수전에서 흙탕물이 나오거나, 바퀴벌레, 돈벌레, 개미가 번갈아 가며 말썽을 피운다거나, 화장실 환풍구가 부서진다거나 하는 수많은 문제가 날 괴롭혔다.

정말이지, 운명의 집은 없는 모양이다. 옥상에서 고기 파티를 즐길 수 있는 낭만을 가진 옥탑방은 여름과 겨울에 살인적인 열기와 냉기를 견뎌야 하고, 저렴하고 깨끗해 보이는 반지하방은 여름 폭우에 침수피해를 겪게 된다. 그러니 집을 고를 때는 낭만을 찾지 말고 최소 기능에 충실한지를 확인하자고 말하고 싶다. 누수와 곰팡이로 어려움을 겪지 않는, 집의 최소 기능을 다하는 집을 찾기 위해 낭만은 잠깐 접어두자. '해가 드는 트리 뷰'에 정신이 팔려 곰팡이 자국을 알아채지 못하고 에어컨을 틀어보지 못한 안타까운 사례는 나쁘이길 바란다.

바닥이 평평한
흰색 벽지의 방

두 번째 집으로 이사한 후 에어컨에 곰팡이 문제, 누수까지 시끌벅적했지만, 마음 벅차게 행복한 순간도 많았다. '어차피 2년 뒤면 떠날 거니까'라는 마음으로 가장 저렴한 가구들을 들여 대충 살았던 첫 번째 자취방과는 다르게 두 번째 집에서는 마음에 드는 가구를 들이고 집을 정성 들여 가꾼 덕분이지 않을까 생각한다.

취향에 맞게 집을 꾸미고, 그 공간에서 누리는 일상생활이 정말 행복했다. 처음 느껴보는 충족감이었다. 나조차도 왜 이렇게 생활이 만족스러운지 이해할 수 없을 정도로. 마음에 드는 공간이 주는 행복은 예상하지 못하게 찾아와서, 그동안 내가 누렸던 공간들이 어땠길래 이렇게 큰 행복을 누리지 못했던 것인지 뒤돌아 생각하게 됐다.

시골에 있는 본가는 누구에게나 열린 집이었다. '옆집 숟가락 개수까지 다 아는' 공동체 생활에 익숙한 동네 어른들과 부모님의 지인들이 예고 없이 불쑥 방문하는 일이 잦았다. 잠옷을 입고 앞머리를 깐 채 화장실에 가려고 내 방에서 나오면 갑자기 문이 열리며 누군가 "계신교-!"를 외치는 게 일상이었다. 내가 예민한 건지, 부모님 세대와 우리 세대의 문화가 달라 그런 건진 모르겠지만 사적인 공간에서 긴장을 못 푸는 게 내게는 정말 큰 스트레스였다.

부모님은 집에 갑작스럽게 손님이 찾아오면 내게 꼭 인사를 시켰다. 내가 세수도 안 한 채 잠옷만 입고 있어도, 내가 공부 중이어도, 내 방문은 갑자기 벌컥벌컥 열렸다. 그럴 때마다 화들짝 놀란 나는 곧 짜증이 단전에서부터 확 치밀어 올랐지만, 부모님의 지인들 앞에서 예의 바르게 구느라 입꼬리가 떨릴 지경이었다. 좀 크고 나서는 꿋꿋이 인사를 하지 않고 내 방에 숨어 저 손님이 언제쯤 돌아가나 기다렸다. 목이 너무 타거나 화장실이 급할 때 어쩔 수 없이 거지꼴로 나가 인사를 하긴 했지만.

그중에서도 내게 가장 큰 스트레스를 준 존재는 같은 동네의 동생들이었다. 내가 초등학교에 다닐 때쯤(그러니까 따지고 보면 나도 아이였을 때) 동네 어른들은 교회에 가실 때, 나보다 네댓 살 어린아이들을 덜컥 내게 맡기곤 했다. 내가 한 아이를 보고 있으면 다른 아이가 어느새 벽에 그림을 그리고 있고, 그걸 말리러 쫓아가면 평소 내가 아끼던 물건을 부수는 식의 상황을 매주 한 번씩은 겪어내야 했다. 나를 가장 힘들게 했던 한 아이가 있었는데 나중에 소식을 들어보니 그 아이는 초등학교에 들어가고 자폐 스펙트럼을 진단 받았다고 한다. 성인도 돌보기 어려운 자폐 아동을 초등학교 저학년인 내가 돌봤다니.

당시 나는 필통이나 노트 같은 문구류를 무척 좋아했는데, 나보다 어린 동생들이 그걸 집에 가져가겠다고 떼를 쓰며 울거나 망가뜨려도 내가 할 수 있는 일은 아무것도 없었다. 그러니 방에 있는 아끼는 물건들은 꽁꽁 숨기는 게 답이었다. 물건을 빼앗겨서 울면 그걸 왜 꺼내 놨냐고 혼내는 어른들과 해맑게 내 방 벽지에 색연필로 낙서를 하는 동생들 사이에서 나는 '내 공간을 통제하고 관리할 수 있는 힘'을 잃어버렸다. 동네 아이들 때문에 내 공간이 망가졌던 경험은 내가 통제력을 완전히 잃었던 몇몇 순간들 중에서도 가장 무력한 경험이었다.

그 뒤로 한동안 물건의 '소유' 개념이 흐려졌다. 어차피 남이 부수거나 빼앗아 갈 물건이면 처음부터 내 것이 아니라고 생각하는 게 심적 타격이 덜했다. 다른 사람이 내 물건을 빼앗아 가고 망가뜨리는 게 서러워서 내가 저항하면 내가 혼났다. 그런 경험이 반복되면서 '원래 물건은 원하면 누구나 가져갈 수 있는 거고, 함부로 다를 수 있는 것'이라고 생각하게 되었다. 그렇게 생각해야 상처받지 않으니까.

하루는 우리 집에 놀러 온 사촌 동생이 내가 아끼던 곰 인형을 달라고 해서 선뜻 내주었다. 그 인형은 친오빠가 돈 없던 대학생 시절에 내 생일이라며 큰맘 먹고 사준, 내가 가진 장난감 중 비싸고 좋은 것이었다. 원래 물건은 맘에 들면 가져가면 되는 거니까 별생각 없이 가지라고 하고 얼마 지나지 않아 그 인형의 존재를 잊어버렸다. 그런데 숙모가 다음 명절에 그 인형을 다시 가져와 내게 돌려주었다. 내가 아쉬워했을 것 같다며 다음부터는 그러지 않아도 된다는 말과 함께. 이렇게 점차 흐려졌던 소유의 개념이 다시 돌아오기 시작했다. 내 물건은 내가 갖고 있는 게 맞고, 양보하고 싶지 않다면 양보하지 않아도 된다는 걸 어린 나는 뒤늦게 알게 되었다.

'내 방'이란 법적으로는 부모님의 소유지만 실질적으로는 내 것이다. 하지만 노크 없이 들어오는 가족들, 원하지 않을 때 불쑥 집 문을 열어젖히는 이웃들, 놀러 와서 내 물건을 망가뜨리던 동네 동생들 때문에 어린 시절 내게는 공간에 대한 권리가 없었다. 그게 너무 스트레스여서 가끔 방 안에 들어가 문을 잠그고 버티곤 했다. 그런 나를 막으려고 부모님은 문을 뜯어버리거나 차단기를 내려 방의 불을 다 꺼버리곤 했지만 그럼에도 나는 내 방이 필요했다. 긴장을 풀고 푹 쉴 수 있는 나만의 동굴이 필요했다. 아무도 말을 걸지 않고, 아무도 내 물건을 망가뜨리지 않고, 아무도 나를 볼 수 없는 동굴.

청소년의 공간은 부모에 의해 좌지우지된다. 경제력도 큰 영향을 주지만, 부모가 가진 '공간에 대한 생각'도 큰 영향을 준다. 우리 부모님에게 공간이란 일상생활을 할 수 있는 곳 그 이상 그 이하도 아니었다. 바닥이 울퉁불퉁해도 수면에 문제가 없고, 벽이 바래도 일상생활에 아무 지장이 없으니 새로 미장을 하거나 도배를 하지 않았다. 부모님은 부동산에 가치를 두지, 공간에는 큰 가치를 두지 않는 분들이었기 때문이다. 1960년대 농촌에서 태어난 부모님에게는 지금의 집이 한평생 살아온 집 중에 가장 좋은 집이었다.

하지만 집에 대한 부모님의 인식을 내가 그대로 물려받지는 못했다. 어떤 이유로 내 방바닥이 그렇게 됐는지 모르겠지만 내 방은 수평이 안 맞아 무척 불편했다. 기울어 있을 뿐 아니라 방 구석구석이 푹푹 꺼져 있었다. 의자의 오른쪽 다리가 놓인 바닥이 꺼져있으면 나도 모르게 중심을 잡으려고 오른쪽 다리에 힘을 주게 됐고, 그 책상에서 공부하고 난 날은 종일 다리가 저렸다. 사람이 걸을 때 생기는 충격을 바닥이 균일하게 받지 못하니 장판이 뜨거나 곧잘 찢어졌다. 벽지가 조금 찢어지면 가구로 가리면 되고, 조명이 촌스러우면 바꿔 끼우면 되는데 울퉁불퉁한 바닥은 어떻게 내 힘으로 보완할 방법이 없었다.

빛이 바랜 벽지도 한몫했다. 시간이 지나서 원래 벽지가 무슨 색인지도 모를 지경이 된 벽지에 동네 아이들이 집에 놀러 와 색연필로 낙서를 몇 번 하고 나니 방을 아무리 청소해도 내 방은 항상 전쟁터 같은 풍경이었다. 그리고 어느 날, 학교를 다녀오니 부모님이 겨울에 방이 춥다며 폼 블록 단열재를 벽에 붙여두었다. 처음엔 낙서가 사라져서 볼만했지만, 시간이 지나면서 그 단열재들은 천장에서 1/3쯤 떨어져 덜렁거리기도 하고, 접착제 사이로 먼지가 들어가면서 보기만 해도 스트레스를 주는 풍경을 만들었다.

초등학교 시절, 옆 동네 새로 지어진 아파트에 입주했다는 친구네 집에 놀러 간 적이 있다. 난 살면서 처음으로 바닥이 평평하고 흰색 벽지로 깨끗하게 도배된 공간을 보게 되었는데, 그날이 아직도 선명하게 기억에 남아있다. 세상에 이렇게 단정한 공간이 존재할 수 있다는 것을 깨달은 순간이었고, 그 공간은 어린 내가 본 것 중에 가장 아름다운 것이었다.

'내 방에 대한 권리'와 '평평한 흰색 벽지의 방'에 대한 로망은 20년이 넘어서야 자취방에서 이룰 수 있었다. (곰팡이가 생기면서 6개월 만에 흰색 벽지의 로망은 다시 사라졌지만) 이게 얼마나 내게 큰 행복이었는지 나조차도 가늠하기 어렵다. 이제 아무도 내 허락 없이 내 방에 들어올 수 없고, 내 방 벽에 낙서할 수 없고, 내가 아끼는 물건을 마음대로 가져갈 수 없다. 아늑하고 예쁜 동굴이, 내가 완벽하게 은신할 수 있는 공간이 생긴 것이다.

이제야 인생이 시작되는 기분이었다.

살면서 가장 잘 쓴
'백만원'

가구나 생활용품을 구매할 수 있는 앱 '오늘의 집'에서는 집을 취향껏 잘 꾸미는 사람들의 집을 구경할 수 있다. 많은 사람들이 전월세에 살면서 언제 이사하게 될지 모르는 상황에 있을 텐데도 지금 살고 있는 집에 정성을 다하고 있었다.

처음에는 부러우면서도 마냥 신기했다. '어차피 떠날 집인데 왜 저렇게 집에 투자를 할까?' 이 생각 너머에는 지금의 삶이 다음 삶의 단계를 위한 준비단계, 예고편 같은 것이라는 전제가 깔려있었다. 언젠가는 내 집을 살 날이 올 테니 그때 정말 좋은 집을 살 수 있도록 돈을 아끼는 것이 최선이라고 생각했었다.

하지만 사실 우리 삶에는 준비 단계, 예고편 같은 게 없다. 원룸에서 사는 날들도 내 삶이고, 전셋집에서 사는 날도 내 삶이고, 내 집에서 살게 될 날도 내 삶이다. 그러니 지금 살고 있는 공간을 내 삶의 배경이라고 생각하고 열심히 가꾸는 그들이 진짜 삶에 애정이 있는 사람들일지도 모르는 일이다.

옵션이 냉장고와 에어컨뿐이었던 첫 자취방을 꾸밀 때는 '곧 떠날 건데, 굳이?' 싶어서 대충 살림을 꾸려놓았다. 책상과 의자, 행거, 소파 겸 매트리스가 전부였고 그마저도 가장 저렴한 것들로 채워 넣었다. 그렇게 꾸며진 첫 자취방은 '좋은 내일은 어제의 고단함을 잘 회복할 수 있는 휴식에서 온다'는 교훈을 주었다. 푹 잠들지 못하는 불편한 잠자리와 눈에 거슬리는 수많은 물건들. 그것들을 참아내는 일에도 내 에너지가 계속 소모되고 있었다.

오늘의 내가 잘 쉬지 못한다면 내일의 내가 활기차게 살아갈 수 없다. 그저 지금 당장. 오늘의 내가 회복하고 치유할 공간이 필요했다. 아늑하고, 눈에 거슬리는 것 없이, 편하게 쉴 수 있는 곳. 두 번째 자취방은 그런 공간으로 꾸미기로 했다.

이사한 집도 옵션이 없기는 마찬가지라 가구를 채워 넣어야 했다. 수입이 없는 학생 신분이다 보니 정말 마음에 드는 물건을 사기는 어려웠지만, 그래도 예산을 애서 넉넉히 잡아, '백만원' 한도로 원하는 가구를 채워 넣기로 했다. 이 돈은 내가 성인이 되고 나서 단번에 써 본 금액 중 가장 높은 금액이었으므로, 큰돈이 아닌 것처럼 보여도 그때의 나는 무척 큰 맘을 먹은 거였다.

원목 침대 프레임 25만원, 매트리스 20만원, 원목 책상 20만원, 원목 의자 5만원, 행거 10만원, 책장 5만원으로 가구에만 85만원을 썼다. 그리고 남은 15만원으로 집에 어울리는 침구와 포스터, 소품, 꽃무늬 커튼을 구매했다.

큰 창이 두 개 있는 원룸에, 흰 벽지에, 평평한 바닥에, 원목 침대. 한 해를 보내고 다시 이사를 결심하기는 했으나 이사할 당시에 꾸민 내 방의 모습은 어린 시절 바라던 공간의 모습에 한층 가까워져 있었다.

가구가 채워진 다음 날, 자고 일어나니 세찬 아침 햇살이 엷은 꽃무늬 커튼에 걸려있었다. 초록색 베개를 안고 자다가 문득 눈을 떠서 그 모습을 보는데 너무 편안하고 평화로웠다. 눈에 거슬리는 것 하나 없는 풍경, 조용한 방, 부드러운 침구, 따뜻한 색의 조명.

하루 종일 하얀 조명 밑에서 공부하고 일하다가 쫀득한

매트리스에 폭 안겨 따뜻한 조명 빛을 받으며 잠드는 일상이라니. 너무 호화로운 일상이었다. 따뜻한 노란 조명을 받는 원목 가구들은 밤에 더 예뻤다. 매일 밤 이 분위기가 눈과 마음으로 들어왔고, 매일의 수면이 매일의 진정한 회복이 되어주었다.

집에 투자한 백만원은 돈으로 측정할 수 없는 것들을 가져다주었다. 눈에 거슬리는 것 없이 마음 편하게 휴식할 수 있는 시간은 다음 날 더 힘차게 살아갈 수 있게 해주고, 밖에서 힘들었던 시간을 견뎌내는 가장 달콤한 당근이 되었다. 원목 침대가 주는 혜택은 상상 이상으로 컸고, 초록색 포스터의 힘은 무척 강했다.

예전에는 공간이 주는 힘에 회의적이었다. 몹시 바쁠 때는 집은 그저 잠만 자는 곳이라고 생각하기도 했다. 공간을 꾸미는 데 돈을 쓰기보다는 여행에 돈을 쓰는 게 나을 것 같기도 했다. 하지만 공간의 힘은 매우 강했다. 내가 잘 치우고 마음에 차게 가꿔주면 집은 그만큼 내게 힘을 주었다. 오늘의 고단함을 회복할 수 있게 해주었고 조금은 들뜬 마음으로 일상을 살아내게 해주었다.

서울 첫 자취방에 5만원짜리 이케아 책상을 집어넣었던

나를 지금 만날 수 있다면 당장 돈을 더 들여 좋은 책상을 사라고 할 것이다. 다리가 약해 글씨를 쓰기만 해도 흔들리고, 크기가 작아서 강의를 들으려 노트북과 책을 동시에 펴놓으면 팔꿈치를 올릴 수 없는 그 책상 때문에 너는 앞으로 매일 넓은 책상이 있는 카페에 갈 거라고 귀에다 소리를 지르고 싶다. 네가 유독 허리가 아픈 게 그 불편한 '소파 매트리스'라는 이름이 붙은 싸구려 솜뭉치 때문이라고도.

사람마다 공간에 영향을 받는 정도는 다르겠지만 집을 둘러봤을 때 눈에 거슬리는 무언가가 있거나 집에 들어가기만 해도 기분이 우울해진다면, 그건 내 공간에 변화가 필요하다는 의미다. 다른 소비를 조금 아끼더라도 공간에 투자할 가치는 있다. 마음에 들지 않는 공간을 참아내는 데에도 에너지가 필요하니까. 그렇게 에너지를 쓰면 다음 날 활기차게 일어나지 못할 테니까. 우리는 오늘 하루 너무 고생했으니까, 나만의 공간에서 온전히 회복할 자격과 권리가 있다.

'잘 먹어야 한다'는
당연한 소리

"혼자 산다고 했죠? 밥은 해 먹어요?" 처음 인턴 생활을 하게 된 곳에서 회사 사람들이 처음 내게 말을 붙일 때 자주 했던 질문이다. 일할 때의 나는 일이 여유로울 때나 주말에만 아주 가끔 집밥을 먹는 사람이었다. 야근을 한 날에는 도저히 집에 가서 요리하고 뒷정리까지 할 힘이 남아있지 않아 편의 점에서 대충 먹고 들어가는 게 일상이었다.

그래서 밥은 해 먹느냐는 질문에 대한 답도 그때그때 달 랐다. '직접 해 먹는다'고 답하면 "대단하네, 귀찮겠지만 지금 처럼 잘 챙겨 먹어요!"라는 인정의 말이, 요즘은 밖에서 사 먹 고 들어간다고 하면 "집밥 챙겨먹기가 여간 어려운 일이 아 니지." 공감과 측은함이 동시에 담긴 눈빛이 돌아왔다.

그런 사람들의 반응을 보면서 사실 조금 의아했다. '요즘 세상에 먹어서 병이지 안 먹어서 병인가, 음식 준비하는 시간에 다른 일을 하고 말지.'하고 생각했다. 어리석게도 어린 시절 내내 남이 차려주는 밥을 먹고 건강하게 자랐을 때는 먹는 것의 중요성을 전혀 알지 못했다. 오히려 역류성 식도염, 소화불량, 각종 염증성 질환을 한 번씩 겪어내고 나서야 건강한 음식을 잘 챙겨 먹어야겠다고 다짐하게 됐다. 건강한 음식이 좋아진 게 아니라, 의무적으로 챙겨 먹지 않으면 안 되겠다는 위기감이 생겼다고나 할까. 좋은 음식을 먹었을 때는 한 번도 겪은 적 없던 병이 편의점과 패스트푸드점을 들락날락하면서 하나둘 생겼으니까. 태어나서 한번도 소화가 안된다고 느껴본 적이 없는데 어느 날부터 음식을 먹으면 가슴이 답답했다. 네댓 시간이 지나야 겨우 불편함이 사라졌고, 공복 시간이 조금만 길어져도 금방 속이 쓰려왔다. 아랫배가 자주 아팠고, 변비가 다시 찾아와서 자주 얼굴이 누렇게 떴다. 특히 기름지고 짠 바깥 음식은 염증에 치명적이었다. 혀에도, 얼굴에도, 귀에도, 하다못해 방광까지 염증에 덮였다.

집 근처 새로 생긴 빵집에 '당신이 무엇을 먹는지 말해주세요. 그러면 당신이 어떤 사람인지 알려드리겠습니다.'라는 문구가 적혀 있었다. 흥미로워 더 찾아보니 프랑스의 유명한 요리사인 사바랭의 책 〈미식예찬〉에 나온 문장이었다.

먹는 걸로만 나를 판단한다면, 나는 어떤 사람일까? 늦은 밤 집밥 대신 편의점에서 끼니를 때우는 나, 프랜차이즈 햄버거 가게에 가서 주문한 지 10분이 넘었는데 왜 음식이 안 나오냐고 투덜대는 나, 냄비에 라면을 끓이며 청양고추를 하나 썰어 넣고 요리라고 우기는 나.

누군가 나를 내가 먹는 것으로만 판단한다면 나는 건강을 챙길 만큼의 여유도 없고, 할 줄 아는 요리도 별로 없으며, 먹는 것을 즐기지 못하는 건조한 사람처럼 보일 것 같았다. 물론 요리하고 치우는 시간을 아껴 일이나 공부를 더 하고 싶었던 거지만, 이렇게까지 낭만도, 여유도 없는 사람이 되고 싶었던 것은 아니었다. 국내에서 생산한 유기농 원재료들만 사용하여 빵을 굽는다는 그 가게에서 치아바타를 조금씩 뜯어 먹으며 생각했다. 과거의 그런 식습관은 나한테 못할 짓이었다고. 스스로를 좀 더 대접해야겠다고. 조금씩이라도 요리를 시작해야겠다고. 잘 먹는 건 생각보다 훨씬 중요하니까.

다짐은 결연했지만 정말이지 집에서 밥을 해 먹기란 여간 귀찮은 게 아니다. 마음먹고 식재료를 사 와도 썩혀 버리고, 초반에는 할 줄 아는 요리도 몇 없었던 탓에 며칠 내내 김치볶음밥만 먹기도 했다(이후로 한동안 내 숨결에서 김치 냄새가 났다). 게다가 요리를 위한 전자기기들은 덩치가 왜 이리 큰지! '자취필수템'이라 불리는 전자레인지, 밥솥, 에어프라이어만 갖춰도 부엌이 꽉 차버릴 것 같다. 그뿐만 아니라 자잘하게 필요한 도구들도 많다. 유튜브에서 본 요리 하나를 따라하려면 없는 게 태반이었다. 전자기기와 조리도구를 한 번에 다 사려고 하니 돈도 부담이었고 들여온 물건들 때문에 주방 공간이 복잡해지는 건 더더욱 싫었다.

　　게다가 요리를 한번 하고 나면 설거짓거리가 잔뜩 쌓였다. 요리하고, 먹고, 치우는 것까지, 최소 한 시간은 잡아야 한다. 안 그래도 집안일이 많은데 거기에 요리까지 얹으면 하루종일 집안일만 하다 하루가 끝나버렸다. 집밥을 먹는다는 건 장을 봐오고, 냉장고 식품들의 유통기한이 지났는지 종종 확인하고, 레시피를 찾고, 좁은 싱크대에서 어설프게 요리하고, 남은 음식물을 음식물쓰레기봉투에 넣어 처리하는 일이 일상에 추가된다는 말이다. 좁은 자취방에서 디퓨저 향처럼 계속 음식 냄새가 나는 건 덤이다. 가끔 유튜브에서 근사한 요리를 보고 욕심이 나서 복잡한 요리에 도전했다가 실패해서 음식을 통째로 버린 적도 있고, 다른 요리에 잘 쓰이지 않는 식재료를 샀다가 썩혀 버리기도 했다.

하지만 뭐든 하다 보면 익숙해진다고, 처음에는 번거로 웠던 일들이 루틴이 되니 크게 힘들지 않았다. 여전히 장을 보고 오면 피곤하고, 설거지는 미루고 싶지만 '오늘도 나를 잘 먹였다'는 감각이 주는 뿌듯함 때문에 계속 몸을 움직이게 된다. 지금은 약속이 있는 게 아니면 대체로 집밥을 먹는다. 30분 컷으로 간편식의 도움 없이 상을 차리고 치우는 일에도 익숙해졌다. 여러 시행착오를 거쳐 겨우 집밥 먹는 습관을 들 였는데, 그 과정을 간략하게 소개해본다.

1. 주 2회 집밥 챌린지, 차근차근 습관 만들기

아예 주방 근처에도 안 가던 내가 요리를 해보겠다고 마 음을 먹었을 때, 더도 덜도 말고 일주일에 두 번만 요리해서 집밥을 먹어보자고 다짐했다. 햇반을 데우고 스팸을 구워서 먹는 것 말고, 간단히 국을 끓이거나 나물을 데치는 식으로 약간의 수고를 들인 식사 말이다. '일주일에 한 번 요리할까 말까인 상태이니, 일주일에 두 번만 해도 성공이다!'라는 생 각으로 주에 집밥을 두 번만 먹어보자고 규칙을 정했고, 서랍 안을 굴러다니던 캘린더를 하나 꺼내 '요리'라는 미션을 성공 할 때마다 스티커를 붙였다.

그렇게 석 달 정도를 보내보니 식재료가 떨어질 때까지 계속 같은 메뉴를 요리하는 나를 발견했다. 아무래도 혼자 살면 식재료를 다 소진하기가 어렵고 하나의 식재료를 다양한 방식으로 요리해서 먹는 요리 고수의 경지에 오르기까지는 한참 멀었으니까. 결국 나는 마트에서 콩나물을 한 봉지 사 오면 월-화 저녁을 콩나물국을 끓이는 식의 생활을 시작했는데, 다행히도 이틀 연속 같은 메뉴를 먹어도 크게 질리지 않았다.

어제 한 번 해본 요리라고 다음 날에 할 때는 훨씬 빠르고 수월하게 했다. 콩나물국이랑 밥, 본가에서 보내준 김치와 마트에서 대용량으로 사둔 파래김이면 건강하고 영양가 있는 식사가 금방 완성된다. 설거지도 밥그릇, 국그릇, 라면 냄비, 작은 반찬 그릇, 수저 정도만 하면 되니 5분도 걸리지 않았다.

다음 주에는 된장찌개를 해보고, 그다음 주엔 감자전을 해본다. 날이 더워지면 비빔국수도 직접 말아본다. 한 주에 요리 하나만 시도해도 세 달이면 12개다. 식당에 들어갔는데 메뉴가 12개라고 생각해보자. 꽤 넓은 선택지이다. 세 달이 지나니 월요일에 된장찌개를 해 먹고 목요일에 감자전을 반찬으로 부쳐먹는 나를 발견했다. 기분에 따라 먹고 싶은 요리를 정하고, 어제 먹은 메뉴와 다른 메뉴를 만들 수 있다니! 이 정도만 해도 훌륭한 집밥 고수다.

　다만 새로운 요리를 시도할 때 너무 재료가 많이 필요하거나 손이 많이 가는 요리는 피하는 게 좋다. 집밥을 해 먹는 게 익숙해지고 요리에 재미를 붙였을 때야 즐겁게 시도해볼 수 있지만, 집밥이 마냥 귀찮은 단계에서 그런 요리를 시도하면 '역시 사 먹는 게 낫다!'며 빠르게 포기할 명분만 생길 것이다. 처음부터 김밥을 싸겠다며 오이와 당근도 사고, 채칼과 김밥말이, 참기름붓도 샀다가 오이와 당근은 썩어버리고 참기름붓과 김밥말이는 이사 갈 때나 되어서야 발견될 가능성이 높다. 슬프게도 내 이야기이다.

　하지만 어려서부터 먹었던 음식 중 간단한 요리에 먼저 도전하면 쉽게 습관을 들일 수 있고, 입맛에도 맞아 '집밥 식당'의 단골 메뉴가 될 수도 있다. 여기서 말하는 '간단한 요리'의 기준은 모두 다르겠지만, 요리라고는 계란프라이가 최선이었던 나에게 간단한 요리란 레시피가 흔한 네모 포스트 잇에 모두 들어가는 요리이다. 다음 그림에 나와 있는 요리들은 모두 내가 어려서부터 즐겨 먹었던 음식이라 속이 편하면서도 재료가 많이 필요하지 않고, 10분 내외로 요리할 수 있는 것들이다. 나는 마음에 드는 요리를 네모 포스트잇에 정리해서 싱크대 상부장 안쪽 문에 붙여두고 요리할 때마다 참

콩나물국

1. 물을 팔팔 끓인다.
2. 콩나물과 다진 마늘을 조금 넣는다.
3. 국간장 한 숟가락에 소금을 넣어 간을
   맞춘다.
4. 청양고추, 파를 썰어 넣어 끓인다.

배추 된장찌개

1. 물을 팔팔 끓인다.
2. 다시팩을 넣고 10분간 중불에서 끓인다.
3. 된장 한 숟가락을 풀어넣는다.
4. 배추를 찢어 넣고 마지막에 청양고추,
   파를 썰어 넣어 끓인다.

비빔국수

1. 소면을 삶아 체에 받쳐 찬물로 씻는다.
2. 양념장을 만든다.
   (고추장 1.5, 식초 2.5, 설탕 1.5, 진간장 0.5,
   고춧가루 0.3, 다진마늘 0.5 숟가락)
3. 깨를 뿌려서 비빈다.

감자전

1. 감자칼로 껍질을 벗겨 믹서기에 간다.
2. 체로 잔여물을 걸러낸다.
3. 걸러낸 물의 윗부분을 따라내고 아래에 가라앉은 전분을 간 감자에 넣고 섞는다.
4. 팬에 기름을 둘러 튀기듯 굽는다.

스팸 김치볶음밥

1. 잘게 썬 대파에 식용유를 둘러 파기름을 낸다.
2. 스팸을 넣고 굽다가 진간장 1 순가락을 넣는다.
3. 김치를 넣고 함께 볶다가 밥을 넣어 섞는다.
4. 볶은 밥을 그릇에 옮겨 참기름, 깨를 뿌린다.

애호박전

1. 베이킹소다에 애호박을 씻어 적당한 크기로 자른다.
2. 자른 애호박에 소금을 뿌려 10분 정도 절인 후, 배어나온 물기를 키친타올로 없앤다.
3. 비닐봉지에 부침가루와 애호박을 넣어 섞는다.
4. 계란 두개를 풀어 애호박에 계란옷을 입힌다.
5. 식용유를 두른 팬에 굽는다.

고하는데, 그러면 레시피를 다시 검색하지 않아도 될 뿐 아니라 오늘 뭘 먹을지 고민하는 시간도 줄일 수 있다.

2. 영양사 선생님, 감사합니다! 어릴 적 급식 식단과 유사하게 식단 짜기

학창 시절 숱하게 먹었던 급식이랑 비슷하게 식탁을 꾸리면 요리가 무척 간편해진다. 밥은 밥솥에 맡기고, 국은 된장찌개나 콩나물국 같은 간단한 국으로 끓여내자. 반찬은 본가에 있는 부모님께 애교를 부려 얻어내도 되고, 간편 식품이나 시장용 반찬들을 이용해도 된다. 나는 보통 본가의 김치와 파래김을 기본으로 깔고 사온 반찬 하나, 혹은 간단하게 만든 반찬으로 식탁을 꾸린다. 국과 반찬 하나만 만들어 먹는 셈이다. 보통 국과 반찬은 한번 만들 때 2인분을 만들어 반은 냉장고에 넣어뒀다가 아침 밥상에 올리는데, 그러면 다음 끼니는 꺼내서 차리기만 하면 끝이다. 비교적 시간이 많은 저녁에 간단히 요리하고, 일부는 덜어 냉장고에 넣어뒀다가 다음 날 아침에 먹는 습관이 자리 잡히면 집밥을 챙겨 먹는 데 시간이 오래 걸리지 않는다. '뭐 먹지?' 고민할 필요 없이 있는 것들을 꺼내고, 냉장고에 남은 재료를 보고 국과 반찬을 정하면 그만이다. 고민할 에너지도, 실제로 요리할 에너지도 아끼는 셈이다.

뿐만 아니라 밥, 국, 반찬 두세 개로 구성된 간단한 식단은 건강에도 좋다. 회사에 다니거나 학교에 다니는 등 집단에 속해 있으면 외식할 일이 잦은데, 밖에서 먹는 음식들은 대체로 자극적이고 건강에도 좋지 않다. 집에서라도 조미료를 사용하지 않는 삼삼한 급식 같은 음식을 먹어보자. 밥, 국, 반찬 두세 개는 고등학교 시절 10시간이 넘게 책상에 앉아있을 때도 건강을 유지해주었던 조합이다.

급식 식단과 유사하게 식탁을 차리면 필요한 조리도구들도 확 줄어든다. 집밥을 해먹는 일이 습관이 된 이후에 자주 썼던 조리도구들을 아래에 정리해두었다. 한식 위주로 요리한다면 아래 도구들만 갖춰도 큰 무리 없이 간단한 식사 정도는 요리할 수 있다. 물론 요리의 종류에 따라 더 필요한 것이 있을 수 있겠지만, 아예 자취가 처음이거나 집밥을 처음 시도하는 분들께 참고가 되길 바라며 정리해 보았다.

| 밥솥 | 너무 작은 1-2인용 말고 3-4인용으로 구입하자. 가격대에 따라 밥맛이 달라지니 가격대가 지나치게 낮지 않은 제품을 선택하는 것이 좋다. 보온이 잘 되는 밥솥은 아침에 지은 밥을 저녁에도 맛있게 먹을 수 있으니 욕심 내어 좋은 제품으로 고르자. |

| 프라이팬 | 너무 큰 것 말고 적당히 지름 20cm 정도의 프라이팬이면 충분하다. 이후에 더 큰 프라이팬을 선물받았는데 손님이 올 때 외에는 손이 잘 가지 않았다. 계란프라이 같은 간단한 반찬을 만들거나 볶음밥을 할 때도 이 정도 크기가 적당하고 세척도 쉽다. |

| 냄비 | 라면 하나를 끓일 수 있는 냄비 크기면 충분하다. 그 정도 크기에도 2인분의 국을 끓일 수 있다. |

| 밥주걱 | 내열온도가 300-400도 정도인 실리콘 밥주걱을 구매하면 볶음밥을 할 때 등 팬에서도 사용하기 좋다. |

| 뒤집개, 국자 | 손잡이가 길고 납작한 나무 뒤집개를, 손잡이가 긴 스테인리스 국자를 추천한다. |

| 수저 | 손님이 왔을 때나 설거지를 못했을 때, 계량을 위한 도구로 활용할 때를 생각해서 4인분의 수저 정도는 구비해두자. 면을 삶을 때 사용할 긴 나무젓가락이 하나 있으면 좋다. |

| 밥그릇, 국그릇, 넓고 얕은 그릇 | 국그릇을 덮밥 용기 크기 정도로 구매하여 볶음밥을 담거나 덮밥, 국수를 먹을 때도 활용할 수 있게 하자. 그릇에 욕심을 내지 않아야 부엌 살림을 간소화할 수 있다. 이 그릇 세 개면 대부분의 한식 요리를 담기에 충분하다. 손님이 자주 온다면 그에 맞춰 더 구입하면 되지만, 예쁘다는 이유로 같은 사이즈의 그릇을 더 들이지는 말자. |

체	국수를 삶아 찬물에 씻을 때나, 감자전 등을 할 때 필요하다. 여러 용도로 활용할 수 있도록 촘촘한 체를 구입하자.
미니믹서기	식재료를 강판에 가는 대신 편하게 믹서기로 갈아 사용할 수 있다. 남은 과일을 갈아 스무디로 만들어 먹기에도 좋으니 하나 장만해두자.
큰 칼, 과도, 감자칼	세 가지 정도의 칼이면 대체로 모든 요리를 할 수 있다. 칼질이 서툰 대부분의 초보 자취생들에게 감자칼은 정말 유용하니 꼭 구비하자.
도마	저렴한 것으로 구입해 주기적으로 갈아주는 것이 좋다.

3. 요리할 힘이 없는 날에는 간편식의 힘으로

아무리 간단히 차려먹는다 해도 너무 피곤한 날에는 만사 귀찮아진다. 또 매일 먹는 한식 대신 양식이 먹고 싶은 날도 있고, 배달음식의 자극적인 맛이 당길 때도 있다. 이럴 때 밖에서 덜컥 만 원짜리 햄버거를 사 먹지 않으려면 5분 만에 상을 차릴 수 있는 간편식을 챙겨두면 좋다.

너무 피곤해서 요리할 힘도 없고 입맛도 없는 날엔 고추참치 한 캔에 햇반 하나만 있으면 금세 한 끼를 해결할 수 있다. 자극적인 맛이 그리운 날에는 곤약 컵라면을 후다닥 끓여 먹으면 된다. '오늘 하루, 수고한 나에게 주는 선물' 운운하며 배달 앱으로 3-4인분짜리 로제 떡볶이를 주문하기 전에, 집에 남아있는 간편식을 먼저 살펴보자. 자극적인 음식의 유혹은 짭짤한 고추참치 한 캔, 40g의 작은 곤약 컵라면으로도 쉽게 물러간다. '고추참치도 몸에 나쁘긴 매한가지잖아!'와 같은 마음 속 목소리가 들려오겠지만, 허겁지겁 과식하게 되는 배달 로제떡볶이보다는 낫다.

요즘은 냉동 곤드레밥, 버섯볶음밥 등 비교적 덜 자극적인 간편식도 많이 준비되어 있으니, 매일 몸에 좋은 음식을 먹지는 못하더라도 덜 자극적인 음식을 먹으려는 시도를 멈추지는 말자. 수많은 종류의 간편식 중 좋아하는 것들로 채워두고, 내 몸과 마음에(그리고 잔고에) 비상등이 켜졌을 때는 간편식의 도움을 받으면, 간편식이 준 힘으로 다음 끼니에는 요리를 해 먹을 수 있다.

4. 장을 볼 때는 온라인과 오프라인을 적절히

장을 본다며 마트까지 가서 무거운 짐을 바리바리 싸 들고 오면 힘이 다 빠진다. 게다가 마트에서 장을 보면 최저가 비교 없이 덜컥 비싼 값에 식재료를 사게 되기도 한다. 대형 마트라고 무조건 싼 게 아닐뿐더러, 원하는 물건을 검색해서 나온 물건들끼리 비교해서 사는 온라인과는 달리 오프라인에서는 사기로 계획한 물건 외의 것들도 실물로 생생하게 볼 수 있으니 나도 모르게 과소비할 위험이 있다. 시식 코너에서는 맛있는 냄새도 솔솔 나고, 새로 나온 과자도 먹어보고 싶고…. 개미지옥이 따로 없달까?

나는 달 초에 한 번 온라인으로 장을 보고, 2주에 한 번 정도 동네의 작은 마트에서 신선도가 중요한 식재료를 구매한다. 매번 온라인으로 시키자니 택배 포장 용품들이 양심을 찌르고, 무조건 마트에서만 장을 보자니 내 통장 잔고가 위험하다. 온라인과 오프라인을 적절히 혼용하여 장을 보면 몸도 마음도, 잔고도 편안해진다.

다만 달에 한 번 온라인, 달에 두 번 오프라인 장보기를 하겠다고 정했으면 되도록 그 횟수는 지키자. 냉장고가 좀 빈약해져도 있는 걸로 요리하며 지내보면 다음 달에는 어떤 재료를 더 사야 할지 감을 잡을 수 있고, 그러면 장을 보는 횟수가 줄어 몸이 편해질 수 있다. 장을 봐오고 도착한 택배들을 뜯어 식재료를 냉장고에 정리하는 것도 일이지 않은가.

마트에 가기 전에는 사야 할 것들을 온라인에 한번 검색해 보는 편이다. 그리고 마트에 가서 가격을 비교해보면 어떤 제품군이 온라인에서 더 저렴한지 알 수 있어서 다음 달 초에 온라인 쇼핑을 할 때 참고하여 주문한다. 보관이 용이한 쌀이나 액체 기호식품(커피나 차 종류)들은 온라인이 더 저렴한 편이고, 과일이나 채소는 달마다 변동이 달라져 상황에 맞게 온라인에서 구매하기도, 오프라인에서 구매하기도 한다.

온라인으로 장을 볼 때는 자주 쓰는 식재료들과 간편식, 간식과 기호식품, 양념류를 산다. 자주 쓰는 식재료는 요리를 몇 달 하다 보면 감이 온다. 나의 경우 내 냉장고에서 떨어지면 안 되는 채소로 '배추, 감자, 두부, 대파, 청양고추, 콩나물' 정도가 있고, 간편식으로는 파래김과 고추참치 정도가 있다. 때가 지나 다시 온라인으로 장을 볼 때는 냉장고에 채소와 간편식이 얼마나 남아 있는지를 확인하고 필요한 만큼 구매한다. 간식도 온라인에서 묶음으로 사면 훨씬 저렴하게 구매할 수 있다. 보통 초코과자와 크래커, 견과류를 소포장된 것으로 구매하여 보관한다. 갑자기 군것질을 하고 싶은 충동이 들 때, 외출했는데 갑자기 배가 고파질 때, 구비해 둔 작은 간식이 있으면 자잘한 소비를 막을 수 있다. 충동적으로 편의점에서 비싼 간식을 사거나 식당에서 외식을 하지 않게 도와주기 때문이다. 식욕이란 것은 은근히 작은 간식으로도 쉽게 물러간다.

5. 알고 보면 보물 상자, 냉동고 활용하기

나는 두세 달에 하루 정도 시간을 내어 대파와 청양고추를 잔뜩 썰어 냉동고에 얼린다. 어떤 국을 끓이든 청양고추나 대파를 넣으면 풍미가 살아나고, 간단히 볶음밥을 할 때도 바로 썰어놓은 파를 활용해 파기름을 낼 수 있어 굉장히 유용하다. 파와 청양고추는 어느덧 대부분의 한식 요리에 없으면 아쉬운 재료라고 할 수 있다.

대파와 청양고추처럼 한식에 자주 쓰이는 재료들을 소분해서 얼려 두면 요리할 때 도마를 쓰지 않아도 되고 피곤한 날에도 간단하게 조리할 수 있다. 한 요리에 필요한 재료들을 모두 얼려 보관하는 밀키트 방식 등 냉동고를 활용하는 방법은 무궁무진하지만, 대체로 자취방의 냉장고는 그리 크지 않다. 그러니 요리에 익숙하지 않다면 자주 사용하는 식재료 중 조리하기 편한 형태로 냉동할 수 있는 것들을 저장하는 것부터 시작해보자.

아, 청양고추를 썰 때는 꼭 두께감이 있는 장갑을 착용하자. 한번은 청양고추를 가득 사 와서 30분 동안 맨손으로 썰었다가 이틀 내내 손이 뜨거워서 고생했다. 알고보니 난 그때 '캡사이신 화상'을 입은 거였다. 밀려오는 고통에 잠도 못 자고 밤새 얼음물에 손을 넣고 있다가 퀭한 얼굴로 출근했다.

그러니 청양고추를 썰 때는 꼭 장갑을 끼고, 고추를 만진 손으로 얼굴을 만지지 말자.

지금껏 이야기한 내용은 특별할 것 하나 없는 평범한 내용이다. 하지만 막상 하려면 너무 귀찮은 일이기도 하다. 하지만 편의점에서 사 온 김밥 한 줄, 대충 끓여 먹는 라면 한 그릇은 잠깐의 끼니는 될 수 있어도 우리 건강을 위한 양식은 되지 못한다. 바쁜 일상 속에서 지친 몸에 그런 음식을 계속 넣다가는 언젠가는 탈이 날 것이고, 그때 후회해서는 늦는다. 밖에서 동료들과, 친구들과 자극적인 음식을 먹는 건 조절할 수 없지만 내 집 안에서 내 몸에 들어가는 음식은 내가 조절할 수 있지 않은가.

현대인 모두에게 당연한 소리라서 또 듣는 게 지겹겠지만, 부디 밥을 잘 챙겨 먹자. 가족과 친구들의 '밥 먹었어?' 하는 질문에 거짓 없이 고개를 마구 끄덕거릴 수 있도록 말이다. 내 소중한 인연들은 멀리서나마 나를 보살피고 챙겨 주지만 결국 일상에서 나를 돌보는 일은 내 몫이다. 그렇게 생각하고 나면 직접 나를 위한 요리를 해서, 나를 위한 밥상을 내게 차려주는 건 꼭 돌봄을 받는 기분이다.

오늘 하루 너무 피곤하고, 허기를 참을 수 없어 당장이고 배달 앱을 켜고 싶은 마음도 충분히 이해한다. 그렇지만 그런 순간을 몇 번 참고 꾸역꾸역 요리를 해낸 뒤, 자리에 차분히 앉아 식사를 하는 나는 그 전과는 확실히 조금 달라져 있다. 마치 내가 정성이 들어간 건강한 음식을 먹을 자격이 있는 소중한 사람이 된 것 같은 기분이다. 일에, 학업에 치여 스스로를 돌보지 않는 사람이 아니라, 이 정신없는 상황에서도 나를 소중하게 대할 줄 아는 멋진 사람인 것 같기도 하고.

함께 천천히 시작해보자. 부지런히 요리하고 깨끗이 설거지해서 스스로를 잘 챙겨 먹이자. 우리는 스스로를 잘 돌볼 의무가 있다.

살림이 아니라
생존이다

살림에 필요한 자잘한 스킬을 '살림 요령'이라는 단어에 담기에는 아쉬운 느낌이다. 1인가구에게는 그 말보다 '생존 요령'이라는 단어가 더 어울린다. 아침에 일어났는데 침대 시트에 월경 자국이 남아있거나, 커피에 얼음을 넣으려고 냉장고에서 얼음을 꺼냈는데 얼음에서 냉장고 냄새가 난다거나 하는, 너무 사소하지만 '어떡하지?' 싶은 순간들을 혼자 살면 수도 없이 마주치게 되니 말이다. 이런 순간들을 빠르고 현명하게 탁탁! 해결할 수 있게 해주는 요령은 살림 요령이 아니라 생존 요령이 맞다.

당황스러운 일이 생길 때마다 인터넷에 검색해 보고, 직접 해보면서 시행착오를 여러 번 거치다 보면 생존 요령이 그제야 조금씩 생긴다. 침대 시트에 월경 자국이 생겨도(한번 한 숨을 내뱉고) 바로 시트를 벗겨 과산화수소수를 부어 닦아낸다거나, 냉장고 냄새가 배어있는 얼음틀에 베이킹소다를 뿌리고 실온에 30분 정도 뒀다 씻어낸다거나 하는, 이 사소한 일들은 직접 찾아보지 않으면 아무도 가르쳐주지 않는다. 하지만 생활의 퀄리티를 높이는 것은 결국 이런 사소한 생존 요령이다.

그러니 묘하게 생활공간이 지저분하다 느껴질 때, 일상 속에서 사소한 불편함을 느낄 때, 그걸 '대충 살지 뭐-'하고 넘기지 말았으면 한다. 인터넷에 찾아보고, 살림 고수들의 요령을 직접 따라하며 몸에 익혀보자. 이런 생존 요령은 나열하기가 어려울 정도로 너무 많지만 가장 내 삶의 퀄리티를 높여준 생존 요령 세 가지만 소개해보고자 한다.

1. 프로 자취를 향한 천연세제 사용기

내 자취 인생은 천연세제를 쓰기 전과 후로 나뉜다고 해도 과언이 아니다. 그 정도로 천연세제 3종, 베이킹소다, 과탄산소다, 구연산은 구비해 두면 무척 유용하게 쓰인다. 최근에는 이 천연세제 3종을 소량으로 묶어서 판매하는 상품도 많이 나오고 있을 정도다. 그만큼 많이 쓰이니 아직 구비하지 못했다면 하나쯤 집에 장만해 두는 것을 권한다. 나는 1kg 용량의 베이킹소다, 과탄산소다, 구연산을 2년 전에 구매하여 사용하고 있고 아직도 넉넉하게 남아있다.

가장 유용한 제품은 베이킹소다이다. 앞서 말한 것처럼 냉장고 냄새가 배어버린 김치통이나 얼음 틀에 물을 담아 베이킹소다를 녹여 실온에 두면 냄새가 금세 빠진다. 또 베이킹소다는 천연세제이기도 해서 껍질째 먹는 과일이나 채소를 세척할 때도 유용하다. 농약을 많이 사용하는 사과 같은 과일에 뿌려서 간단히 세척하면 잔류농약을 제거할 수 있다. 떡볶이나 마라탕처럼 빨간 양념이 묻어 나오는 배달용기를 세척할 때도 활용할 수 있어, 회사에 가져가 배달음식을 먹고 난 뒤에 쓰기도 했다.

과탄산소다 역시 다양한 장점이 있지만, 흰 티를 표백할 때 제일 유용하다. 흰 티에 얼룩이 생겼거나 음식물이 튀었을 때 과탄산소다를 따뜻한 물에 풀어 옷을 담가둔 후 세척하면 된다. 꼭 얼룩이 아니더라도 오래 입어서 바래진 흰 티, 목 부분에 변색이 일어난 흰 티에 과산화소다를 사용하면 새 옷처럼 입을 수 있다.

구연산의 경우 싱크대 주변에 두고 물때를 없앨 때 자주 활용한다. 싱크대나 수전을 가끔 닦아주고, 기름이 많이 튄 요리를 했을 때도 구연산을 뿌린 후 적신 행주로 가볍게 닦아주면 날 잡고 청소하지 않아도 깨끗한 싱크대를 유지할 수 있다.

2. 너 왜 방값도 안 내면서 내 방에 있어? 주기적인 물건 정리는 필수

어려서부터 시험이 끝나자마자 가장 먼저 책상을 정리했다. 시험 기간이 끝나자마자 집에 와서 눈도 붙이지 않고 공부했던 출력물, 문제집, 노트 같은 걸 내다 버렸다. 그리고 시험에 대한 아쉬움과 미련도 함께 버렸다. 최선을 다 했으니까 미련 갖지 말고 보내주자고 생각했다. 이 습관은 아직도 유효하고, 아직도 유용하다. 도마뱀이 탈피를 하듯 내게 지금 필요 없는 물건들은 미련과 함께 내 방에서 내보내자.

혼자 사는 집이라도 주기적으로 짐을 정리해주지 않으면 금방 보기 싫은 방이 된다. 물건이 많으면 그 위에 먼지도 쌓이고, 그 물건 자체를 관리하는 데에는 또 시간과 노력이 들어간다. 때문에 줄일 수 있는 만큼 최대한 줄이는 것이 집안일을 줄이는 가장 핵심적인 살림 요령이다.

한 때 '미니멀 라이프'가 유행하면서 짐을 줄이라는 이야기를 하는 사람이 많아졌는데, 살아보니 정말 짐이 많을수록 일도 많아졌다. 그렇다고 너무 없으면 불편해지니 본인에게 적당한 물건의 양을 알아야 한다. 그러려면 처음 독립을 시작했을 때 이것도 필요할 것 같고 저것도 필요할 것 같다며 물건을 한가득 사서 들어가기보다 최소한의 물건들로 시작해서 하나하나 채워가면서 본인에게 맞는 물건의 양을 찾는 것이 좋다.

　　나는 첫 자취를 할 때 최소한의 물건만 들고 들어가서 대청소를 시작해도 1시간 안에 모든 청소가 끝났다. 그래서 편하기는 했지만, 살아보니 필요한 게 하나씩 생겼다. 특히 책장이 없는 게 불편했다. 책이 많이 없긴 해도 바닥에 쌓아두니 필요할 때 꺼내는 게 여간 불편한 게 아니었던 거다. 그래서 이사하고 나서는 작은 책장을 하나 마련했다.

　　이처럼 집에 짐이 없으면 없을수록 청소할 때 짐을 옮길 필요도 없고, 관리해야 할 일이 줄어 편하기는 하지만, '이게 있으면 좋을 것 같은데...' 싶은 순간들이 생기기도 한다. 그럴 때는 물건이 없어 겪는 불편함이 더 큰지, 그 물건을 관리할 때 드는 번거로움이 더 큰지 고민해보자. 책장은 2주에 한 번 닦아주면 되니 관리가 크게 어렵지 않으니 들이고, 갖고 싶던 예쁜 카펫은 관리하려면 먼지도 자주 털어줘야 하고 계절이

지날 때마다 세척해줘야 하는 번거로움이 크니 사지 않으면 되는 식이다.

내겐 에코백 관리가 너무 귀찮은 일 중 하나였다. 에코백은 천 재질로 만들어진 가방인데, 여기저기에서 쉽게 사은품으로 나눠주는 걸 받다보니 집에 에코백이 너무 많아졌다. 그런데 때는 또 왜 그렇게 왜 그렇게 잘 타고, 주름도 왜 그렇게 잘 생기는지! 때가 타서 색이 바래고 주름진 에코백을 들고 다니는 걸 싫어해서 자주 세탁하고, 다림질로 주름도 자주 펴줬는데, 수중에 에코백이 너무 많으니 손이 너무 많이 갔다. 그래서 멀쩡한 에코백들을 많이 처분하고 세 개만 남겨 옷걸이에 걸어 보관하고 있다. 수가 적으니 옷걸이에 걸어둘 수도 있고, 그러면 주름도 덜 생겨 손도 훨씬 덜 간다. 이런 식으로 나는 나에게 맞는 물건의 양이 어느 정도인지 찾아나가는 중이다.

또 내겐 옷이 가장 관리하기 어려운 짐인 것 같다. 캐시미어 니트는 따뜻하고 부드럽지만 손빨래를 해야 하고, 건조할 때도 옷이 늘어지지 않게 신경 써야 한다. 한번은 합성가죽(비건레더) 코트를 세탁소에 맡겼다가 옷이 망가져 못 입게 된 적도 있다. 합성가죽 옷은 수명이 3~4년 정도인데, 관리를 조금만 잘못하면 3년이 되지 않았어도 쉽게 망가진다. 소재 관리가 어려울수록 세탁에는 많은 시간과 노력이 들어간다. 그러니 옷은 자주 사지 않는 것도 중요하지만 한번 살 때 가급적 세탁과 관리가 용이한 옷을 골라 사는 것이 좋다. 요즘은 세탁기에 돌려도 되는 실크 재질과 비슷한 셔츠, 촘촘한 니트 등이 많이 나오는 편이니 참고하자. 세탁망도 크기 별로 구비해두면 예민한 옷을 세탁할 때 유용하다.

물건은 시간이 지나면서 계속 쌓이기 때문에 정기적으로 정리해주어야 한다. 나는 계절이 바뀔 때마다 물건을 정리해서 비교적 자주 물건을 점검하는데, 그런데도 항상 버릴 게 많이 나온다. 양으로 따지자면 10L 일회용 봉투 두 개와 한 박스의 재활용품이 나오는 편이다. 괜히 지구에 미안하기도 하고 작게나마 미련이 남아서 처음에는 버리는 게 쉽지 않았지만, 눈 질끈 감고 버렸던 것들 중 다시 생각나는 것들은 아직 단 한 가지도 없다. 본가에서 짐을 비우겠다고 버릴 옷들을 골라두면 엄마가 "집에서 입으면 되지 아깝게 왜 버려~"하고 다시 가져가는 바람에 이런 결심이 소용없는 경우가 많았지만, 혼자 살면 아무도 나를 말리지 않는다. 비싼 월셋집에, 꼬박꼬박 이자를 내고 있는 전셋집에 나랑 같이 살면서 방값도 안 내고, 날 돕지도 않는 물건들은 쫓아내 버리자.

버리는 게 마음 쓰이면 중고 거래를 하는 것도 좋다. '이걸 필요로 하는 사람이 있을까?' 싶어도 무료로 나눔하겠다고 올려두면 놀랍도록 다 가져간다. 작년 여름에 1m 넘게 줄기를 늘어뜨린 스킨답서스의 가지를 쳤는데, 워낙 아끼던 화분이라 가지조차 버리기가 아까웠다. 스킨답서스는 잘라낸 가지를 물에 담가두면 쉽게 번식할 수 있어서, 플라스틱 커피 테이크아웃 잔을 씻어 가지를 물에 담가두었다가 화분에 심을 수 있을 만큼 뿌리가 가지에서 많이 나왔을 때 동네 중고 거래 플랫폼에 올렸다. 5분이 채 되지 않아 메시지가 다섯 개가 와서 한 분께 무료로 드렸다. 그 이후로 스킨답서스나 아이비처럼 수경재배가 가능한 화분을 가지치기하고 나서는 '나눔'하는 취미가 생겼다. 한번은 안 입는 낡은 옷을 중고 거래 플랫폼에 '나눔'으로 올린 적이 있었는데, 유행이 많이 지난 옷들이라 이걸 누가 가져갈까 싶었다. 그런데 올리자마자 반나절 만에 연락이 와서, 비가 많이 와서 더러워진 건물을 청소하는 데 쓰면 좋을 것 같다며 나눔을 부탁하시기도 했다. 그러니 너무 멀쩡한 물건을 버린다는 생각이 들어 죄스러우면 중고 거래를 활용해보자.

작년 여름에도 안 입었던 옷은 이번 여름에도 안 입는

다. 한번 사서 보고 다시 펼쳐보지 않은 책은 앞으로 안 읽을 확률이 높다. (그래도 이 책은 간직해 주었으면 좋겠다….) 그러니 과감하게 버리고 안 그래도 작은 방에 여유를 만들어보자. 그렇게 여유 공간이 생기면 린스를 푼 물에 적신 행주로 가볍게 닦아주자. 그러면 먼지가 훨씬 덜 쌓여 청소 주기가 길어진다.

3. 캘린더를 활용해 집안일 주기를 확인하자

주기적으로 해야 하는 집안일들이 있다. 화장실 청소, 가스레인지 청소, 침구류 세탁 같은 것들 말이다. 이런 집안일은 단순히 설거지나 빨래처럼 긴급하거나 자주 해야 하는 일이 아니다 보니, 주기를 정해주지 않으면 까먹기 쉽다. 이런 사소한 집안일을 잘 챙기려면 눈에 보이는 곳에 '내가 그 일을 언제 했는지'를 표시해두면 된다.

집에 안 쓰는 달력이 있다면 꺼내 준비하고, 작은 원형 스티커나 여러 색의 펜을 준비하자. 그리고 각 집안일의 명칭과 이 집안일을 해야 하는 주기를 적어 표시해두고, 색을 정해 구별해두자. 그리고 그 집안일을 한 날짜에 스티커를 붙여 캘린더를 눈에 잘 보이는 곳에 두면 된다.

나는 '식물에 물을 주는 일, 화장실 청소, 침구류 세탁, 창틀 청소, 렌지대 청소'를 주기적으로 하는 청소로 정해서 스티커로 표시해서 활용하고 있다. 이런 일들은 대체로 하루 이틀 미뤄도 티가 잘 나지 않는다. 하지만 하루 이틀 미루려던 것을 삼일, 오일, 일주일 미루다 보면 식물은 메말라가고, 화장실 타일에 곰팡이가 슬고, 이불은 찝찝해지고, 창틀은 시커멓게 변하고, 렌지대에는 기름때가 가득해진다. 그러니 캘린더를 활용해서 나 자신에게 자주 알려주자.

1인가구는 본인이 얼마나 부지런하게 집을 가꾸고 살림을 꾸려나가느냐에 따라 삶의 질이 크게 바뀐다. 가끔 일상이 너무 바빠 집을 잘 가꾸지 못하면 집에서 쉬어도 쉬는 것 같지 않다. 해치우지 못한 일을 눈으로 바로 확인할 수 있는 게 집안일이니까.

밖에서 학생의 의무, 직장인의 의무를 다 하고 집에 돌아왔는데 아직 수행하지 못한 수많은 업무(화장실 청소, 설거지 등등)가 있다고 생각하면 긴장을 풀고 쉴 수 없다. 이런 이유로 지저분하고 어수선한 공간은 그 안에 있는 것만으로도 사람에게 스트레스를 준다. 일할 때 프로젝트의 일정을 꼼꼼히 확인하고, 언제 뭘 할지 계획을 촘촘히 세우는 것처럼 집

S	M	T	W	T	F	S
1 신정		3	4	5 12.15		7
8	9		11	12	13	14
15	16		18	19		21
1 1.1 설날	23	대체휴일	25	26	27	28
29	30					

- 물 시중 들기, 주 1회
- 창틀 청소, 월 1회
- 화장실 청소, 2주 간격
- 렌지대 청소, 주 1회
- 침구류 세탁, 2주 간격

의 상태도 꼼꼼히 확인하고 언제 뭘 해야 하는지 자주 확인해야 '진짜 휴식'을 위한 공간을 마련할 수 있다. 그러니 부단히 생존 요령을 익히고 평생 사용할 나만의 생존 요령도 만들어보자. 지치고 힘든 일상을 다시 일으키고 꾸려나가는 데 분명 큰 자산이 되어줄 것이다.

조금은 유난스럽게
나를 보호할 필요가 있다

'그래서 종목이 뭐예요? 유도?' PT를 받다가 무릎이 아파 찾은 정형외과에서 들은 질문이다. 배구선수였던 엄마의 탄탄한 골격과 할아버지의 우월한 키 유전자를 그대로 물려받은 나는 초등학교 6학년 때 키 170cm를 넘겨 고등학교 때 173cm에 정착했다.

2021년에 국민건강보험공단에서 시행한 성별 평균 신장 분포 현황에 따르면 남자 평균 키는 약 171cm이다. 같은 나이대인 20대 남성들의 평균 키는 174cm 정도이니 나는 대한민국 남자 평균 키보다 크고 또래 남자와 비슷한 키를 가진 셈이다.

골격도 보통 골격이 아니다. 평소에 '너는 한국인 체형은 아닌 것 같다'라는 말을 종종 들었는데, 그때까지만 해도 남들보다 키가 더 커서 그렇게 보이는 거라고만 생각했다. 그런데 하루에 10시간 넘게 앉아있는 평범한 고등학생인 내 무릎뼈와 다리뼈를 만져본 정형외과 의사가 어떤 운동을 전공으로 하냐고 물어봤을 때, 그제야 내가 골격이 타고난 편임을 알게 되었다. (당시에 수능이 끝나고 10kg이나 불어난 살을 빼겠다며 헬스를 시작했는데, 그 정형외과 의사는 내가 살을 빼도 뼈가 굵고 골격이 큰 편이라 드라마틱한 변화가 있지는 않을 거라며 내 의지를 꺾어 놓았다…)

자랑 같아 민망하지만, 그 시절에는 정말로 큰 키였던 180cm를 훌쩍 넘긴 할아버지와 운동선수 엄마의 골격을 제대로 물려받은 게 바로 나다. 초등학교 5, 6학년이 되니 웬만한 선생님들보다 컸고, 초등학교 때 버스를 타서 어린이 요금을 내면 버스 기사가 청소년 요금을 내라며 한마디 했다. 거기에 초등학교 때 나보다 두 학년이 높은 오빠가 따라다니면서 괴롭히길래 엎어치기를 해서 바닥에 내리꽂아 버렸던 기세까지(아무도 나에게 업어치기를 가르치지 않았다). 때문에 당연히 다른 사람이 나에게 물리적인 해를 입힐 거라고는 생각해 본 적 없었고, 실제로 오랜 시간 내게 그런 일은 일어나지 않았다.

한평생 태평하게 새벽 2시에 아무렇지 않게 밤 산책을 하고, 조용한 분위기를 느끼려 인적이 드문 골목길로만 걸어 다니며 살았다. 그러던 어느 날, 엄마에게서 친척 오빠가 다쳤다는 소식을 전해 들었다. 운동을 하다가 다쳤겠거니 했는데, 알고 보니 (묻지마 살인이 될 수도 있었던) '묻지마 폭행'의 피해를 본 것이었다.

그 친척 오빠는 키가 190cm가 훌쩍 넘고 몸무게도 세 자리인 데다가, 발 사이즈도 300mm가 넘는, 보트인지 신발인지 알 수 없는 것을 신고 다니는 거구였다. 그런 오빠에게, 어떤 남자가 칼을 들고 달려든 일이 벌어진 것이다. 다행히 오빠는 눈썹 위에 살짝 생채기가 난 것 외에 큰 피해는 없었고 범인은 빠르게 검거되었지만, 그 산만 한 덩치의 남성도 범죄의 타깃이 될 수 있다는 사실이 놀라웠다.

무동기범죄, 묻지마 폭행, 이상동기범죄 등 다양한 이름으로 불리는 이 범죄는 피해자와 범죄자 사이에 특정한 연결고리나 이해관계가 없다는 게 특징이다. 범죄자와 내가 아무런 관계가 없어도 피해자가 될 수 있다는 뜻이었다. 게다가 가해자들은 상대를 가려가며 덤비는 것도 아니었다. 여러 기사를 보니 무동기범죄의 목적은 그저 '사회에 불만을 표출하는 것'이라고 했다. 나처럼 여자치고 덩치가 커서, 친척 오빠처럼 힘이 세 보이는 남성이라서 범죄 피해를 입지 않을 거라는 막연한 상상은 점점 옛날이야기가 되어가고 있었다.

실제로 2023년에 서울을 포함한 수도권의 많은 번화가에서 흉기로 사람을 찔러 죽이는 '칼부림 사건'이 여럿 발생했다. 사람이 많은 곳에 일부러 찾아가서 아무런 원한 관계도 없는 사람을 찔러 죽이는 사건이 꼬리 지어 발생하기 시작했고, '언제 어디에서 칼부림하겠다'는 예고 글도 계속 올라왔다. 그 시기에 화제가 된 영상이 있었는데, 한 남성이 지하철에서 칸을 옮길 때 사람들을 다소 격하게 밀치면서 걷자 사람들이 칼부림이 난 줄 알고 혼비백산해서 대피하는 영상이었다. 사람이 많은 시간대에 그런 일이 생겨서 대피 중에 사람들이 넘어지고, 그 넘어진 사람을 밟고 넘어지면서 여러 사람이 다치기도 했다. 몇 년 전에 이런 사건이 있었으면 유난스럽다고 생각했겠지만 이제는 충분히 이해할 수 있을 만큼 세상이 너무 흉흉해졌다. 실제로 대낮에도, 사람이 많은 곳에서도, 모르는 사람을 향해서도 살인이 일어나고 있었으니까.

어떤 범죄라고 이름을 붙이기 어려운 범죄들도 있었다. 여성인 내 친구가 최근에 무서운 일을 겪었는데, 2년 동안 함께 같이 프로젝트를 했던 남자 동료가 갑자기 집착적으로 연락을 하기 시작하더니 팀원들 모두에게 '너희 모두 무사하지 않을 것'이라며 협박을 시작한 것이다.

'빨간 립스틱을 바른 여자가 나보고 나가라고 해', '양산을 들고 와줘. 누가 봐도 양산인 줄 알 수 있게 화려한 걸로 부탁해' 등등, 도무지 이해할 수 없는 소리를 하루 종일 메신저로 늘어놓다가 갑자기 협박을 하는 식이었다. 그 동료는 친구에게 시도 때도 없이 전화를 걸고 문자를 해댔지만 내 친구가 할 수 있는 일은 그저 연락을 무시한 채 불안해하는 것뿐이었다.

나에게 왜 이러는지 원인이 명확하거나 금품을 요구하는 일반적인 협박 사건이면 경찰에 신고라도 하겠는데, 이 종잡을 수 없는 사건에는 대처할 방법조차 찾을 수 없었다. 당시 프로젝트를 함께 하던 시기가 길어지며 그 동료가 친구의 집 위치를 알고 있어서 더더욱 위험한 상황이었다. '저녁 늦게 집에 돌아가는데 길목에서 칼을 들고 나를 기다리고 있으면 어떡하지?'라는 생각에 그 친구는 한동안 불안에 떨어야 했다. 2년 동안 함께 프로젝트를 하면서 동료에게는 그 어떤 전조증상도 없었다고 했다. 굳이 다른 점을 찾으라면 평소에 혼잣말이 조금 많았고, 생각이 독특했던 것 정도라고.

이 세상은 큰 덩치를 가진 사람도 범죄의 표적이 될 수 있고, 사람이 많은 공간에서도 칼에 찔릴 수 있으며, 친한 동료도 갑자기 한순간에 나를 위협하는 대상이 될 수 있는 곳이었다. 평소에는 아무렇지 않다가도 문득 이런 세상에서 혼자 지내는 걸 떠올리면 가끔 소름이 끼친다.

나 역시 대학교에 다닐 때 처음으로 '나도 범죄의 타깃이 될 수도 있겠구나' 하고 생각한 적이 있다. 교양수업에서 한 번 대화를 나눴던 남성 친구인 K가 간간이 카카오톡으로 연락이 왔었다. 밥은 먹었는지, 요즘 어떻게 지내는지 등 가벼운 질문이 대부분이었다. '혹시 나에게 호감이 있나?'라는 생각이 들었지만 괜히 설레발치는 것 같기도 하고, 자꾸 오는 연락을 계속 무시하기에도 불편해 간간이 연락을 이어갔다.

그런데 어느 순간부터 K를 우연히 만나는 횟수가 늘어났다. 학교 복도에서, 집에 가는 길목에서, 자주 가는 카페에서 만났다. 같은 학교에 다니고 있으니 그럴 수 있겠다 싶었지만, 카카오톡으로는 항상 먼저 말을 걸면서 오프라인에서 만나면 저 멀리서 지켜만 볼 뿐 말을 걸거나 인사를 하지 않는 게 이상했다. 그때도 '수줍음이 많나?'하고 넘겼다.

그러다 자주 마주치는 게 우연이 아님을 확신했던 순간이 있었다. 우리 학교는 캠퍼스가 둘로 나뉘어 있고 가끔 다른 캠퍼스에서도 수업이 있었기 때문에, 캠퍼스를 오가는 셔틀버스가 같은 시간에도 여러 대가 있었다. 당시 코로나로 인한 규제가 엄격했던 때라 학생들은 버스를 탈 때 각 버스 입구에 배치된 장부에 이름과 학번을 모두 기재해야 탈 수 있었다. 나는 다른 캠퍼스에서 듣는 수업이 있어서 일주일에 한 번 그 장부에 이름을 쓰고 버스에 탔는데, 근처에 있었던 다른 친구가 "K가 버스에 하나하나 올라타 장부를 모두 확인하고 있다"고 연락이 왔다. 나는 또 '에이, 설마'하는 마음으로 대수롭지 않게 넘겼는데 몇 분 후 K는 내가 탄 버스에 올라탔고, 내 좌석 뒤로 2칸을 띄우고 앉았다.

갑자기 가슴이 쿵쿵 뛰기 시작했다. '이게 뉴스에서만 보던 스토킹이라는 건가?' 싶었다. 그 일을 계기로 불안해진 나는 루틴을 조금씩 바꾸기 시작했다. 매주 월요일 공강 시간에 앉아있던 도서관 대신 학교 근처 카페에서 시간을 보냈고, 매주 금요일에 탔던 학교 셔틀버스 대신 지하철로 이동했다. 그런데도 K는 계속 내 시선에 걸려 있었다.

K는 본인의 존재를 숨기려 하지도 않았고, 그렇다고 가까이 다가와서 말을 걸지도 않았다. 그냥 나와 어느 정도 거리를 두고 내 쪽을 계속 지켜보고 있었다. 두어 달이 지나고

나는 K가 의도적으로 나를 따라다니고 있는 게 맞다고 결론을 내렸다.

K는 170cm가 안 되는 키에 몸집도 나보다 왜소했다. 하지만 그의 체격과 상관없이 '어딘가 수상한 K를 잘못 건드렸다가 K가 갑작스럽게 나를 해치면 어떡하지?' 하는 생각이 들어 어떻게 대처해야 할지 전혀 감이 안 잡혔다.

그래도 학교에 있을 때는 덜 무서웠다. K가 나를 지켜보고 있든 말든 나는 계속 수업을 들어야 하고, 일과 시간의 나는 해야 할 일도, 만나야 하는 사람도 많았으니까. 하지만 진정한 공포는 집에 갈 때 시작되었다. 실제로 집 가는 길에 K를 본 적은 없지만 '몰래 따라오고 있을 줄 누가 아나' 싶어 계속 뒤를 돌아보면서 걸었고, K가 내가 어느 건물의 몇 호에 사는지 알게 될까 봐 무서웠다.

인터넷에 검색해보니 '곽두팔 예방책'이라는 것이 있었다. (전국에 있는 곽두팔 님께 사과를 드리며)곽철용, 배용팔, 홍창식처럼 비교적 거칠어 보이는 남성의 이름으로 택배를 받는 것이다. 혹시 내가 없을 때 K가 우리 집 건물에 들어와 택배 송장에 적힌 내 이름을 볼까 봐 한동안 택배도 곽두팔 씨의 이름으로 받았다. 집에 가는 어두운 골목길에서는 항상 누군가와 통화를 하며 걸었다. 부모님과 친구들은 번갈아 가면서 매일 내 전화를 받아야 했다. 혹시 내가 위험한 상황에 처했을 때를 대비해 나와 자주 연락을 주고받는 친구들에게는 양해를 구하고 우리 부모님에게 비상연락망으로 친구들의 연락처를 드리기도 했다.

그렇게 잔잔한 불안감을 안은 채 한 학기를 보냈고, 방학에는 도망치다시피 본가로 내려가 2개월 동안 서울에 올라오지 않았다. K는 한동안 내가 보이지 않자 흥미가 사라졌는지, 다음 학기부터는 완전히 내 눈앞에서 사라졌다.

그 일을 겪고 나서 2년이 지났다. 내 일상은 조용해졌지만 내 친구들은 간간이 위협을 받았다. 존재조차 몰랐던 고등학교 동기가 자신의 졸업사진을 카카오톡 배경화면으로 해놓고 자기 여자친구가 되라며 연락이 온 일, 헬스장에서 불쾌한 손길을 겪은 일, 클럽이 궁금해 처음 방문했다가 난데없이 남자의 손이 허리에 감겨 테이블 위로 올려진 일 등등.

예측하기도 어렵고 상상하지도 못한 방식으로 나타나는 범죄들에 우리가 대비할 방법은 사실상 많지 않다. 피해자가 없으려면 가해자가 없어야 하기 때문이다. 하지만 세상이 그렇지 않으니 우리는 유난스럽게 스스로를 보호해야 한다. '굳이? 이렇게까지 한다고?' 싶어도 우리가 당장 할 수 있는 것은 이것뿐이다. 혼자 살아가면서 범죄 예방에, 그리고 내 심신 안정에 도움을 주는 몇 가지 예방책을 소개해 보겠다.

1. 가급적 집 위치를 노출하지 말자

몇 년 전, 서울에 가게 될 나에게 아빠는 정말 친한 친구가 아니면 집 위치를 노출하지 말라고 했다. 그때는 그 말이 크게 와닿지 않았는데 스토킹을 겪고 나니 그게 무슨 말인지 알 것 같았다. 나 외에도 주거지가 드러날까 봐, 그리고 실제로 드러나서 곤란을 겪고 있는 지인들이 많았던 것이다. 아는 언니가 이별을 결심했는데, 이를 받아들일 수 없었던 남자친구가 자꾸만 언니의 집에 찾아왔다. 언니가 문을 열어주지 않으니 발로 문을 차며 위협까지 했다. 언니는 고민 끝에 결국 경찰에 신고했다. 그 후로 추가적인 보복은 없었지만, 한동안 밖에 있을 때마다 마음이 불편했다고 했다. 전 남자친구가 언제 어떻게 나타날지 모르니까.

가족을 제외하고 내 집 위치를 정확히 알고 있는 사람은 딱 6명뿐이다. 서울에서 학교를 다니고 회사 생활까지 하면서 관계망이 많이 넓어졌지만, 집 위치를 노출하는 것은 앞으로도 민감하게 굴어야 하는 문제 같다.

아지트가 되어야 할 '집'이라는 공간이 안전을 보장하지 못하는 공간으로 변하는 것만큼 두려운 게 없다. 그러니 정말 친한 친구들이나 몇 년을 함께 한 (공격성이 없는!) 애인이 아니면 집 위치를 절대 노출하지 말자.

2. 의심이 가는 상황이 생기면 사방팔방 이야기하고 다니자

K가 나를 따라다닌다는 확신이 들었을 때, 그리고 내 친구가 2년 동안 함께 프로젝트를 한 팀원에게 기묘한 연락을 받았을 때 우리는 주위 사람들에게 사방팔방 이야기하고 다녔다. 당장은 경찰에 신고할 수도 없어 보호받기가 어려운 이런 복잡한 상황에서, 우리는 아마 절대 혼자 이 문제를 해결하지 못할 것이다. 그러니 함께 고민하고, 함께 대처해야 한다.

내 상황을 알게 된 친구들의 역정(?) 덕분에 '이게 정말 스토킹이구나'하는 확신을 얻을 수 있었고, 기묘한 연락을 받은 그 친구도 결국 다른 어른에게 도움을 받아 문제가 해결되었다. 내가 위험한 상황에 처한 것 같다면, 부모님부터 시작해 애인, 친구들 등 내가 가지고 있는 모든 관계망을 동원해 내가 위험한 상황임을 알리자.

그렇게 하면 누군가가 현명한 해결책을 내놓을 수도 있

고, 그래서 내가 생각하지 못했던 방식으로 문제가 해결될 수도 있다. 아무도 직접적으로 문제를 해결해주지 않더라도 안전 귀가 동행 서비스, 홈캠 등등 안전과 관련된 정보를 전달받을 수도 있고 하다못해 무서운 밤길에 전화를 걸어 통화를 부탁하기도 쉬우니, 이런 일은 절대 혼자 해결하려 하지 말자.

3. 생활안전지도를 활용해 범죄 주의 구간을 확인하자

정부에서 운영하는 생활안전정보 사이트에서는 어느 지역이 치안이 좋지 않고 범죄가 자주 발생하는지 볼 수 있다. 범죄의 빈도나 강도 등을 분석해서 1등급부터 10등급까지 위험한 정도를 매기고, 지도에 표시해준다.

지도를 확대해보면 어느 거리가 위험한지 쉽게 알 수 있다. 이 지도는 새로 이사 갈 지역을 알아보거나 귀갓길을 선택할 때 유용하다. '여성 밤길 치안안전' 기능을 활용하면 어느 길이 가로등이 많고 CCTV 설치가 잘 되어있는지도 알 수 있다. 미리 우리 집 근처에 위험한 거리를 생활안전지도로 확인해두고 안전한 길로 다니자.

4. 귀갓길이 불안할 때는 치안 앱을 활용하자

서울 및 여러 지역에서는 여성안심귀갓길 앱을 운영하고 있다. 대표적으로 서울은 '안심이 앱'을 배포했는데, 좋은 기능이 꽤 많다. 이 앱에는 위험한 상황일 때 스마트폰을 세게 흔들거나 볼륨 버튼을 세 번 이상 누르면 바로 경찰이 출동하는 기능이 있다. CCTV 관제 센터에서 바로 내 위치와 상태를 확인할 수 있어 빠르게 경찰에 내 상황과 위치를 전달할 수 있다.

안전하게 내가 집에 잘 들어가는지 지켜봐주는 '귀가모니터링' 서비스도 있다. 이 앱에 접속해 도착 장소를 정하고 시작 버튼을 누르면 관제센터에서 내가 집에 가는 길을 지켜봐주고, 보호자를 설정해두면 보호자에게 내가 출발했음을 알릴 수도 있다. 택시에 탔을 때도 모니터링을 요청할 수 있다. 이렇게 해도 불안할 때는 안심귀가스카우트 서비스를 이용해서 함께 귀가할 수도 있어서 설치해두는 것만으로도 마음이 든든하다.

그 외에도 집 위치를 노출하지 않기 위해 공공 택배함으로 택배를 받는 방법, 낯선 사람이 우리 집 문에 가까이 오면 알림을 주는 경비 시스템 등 보안을 위해 활용할 수 있는 수단은 정말 많다. 그중에서 추가적인 비용을 내지 않으면서도 실천하기에 너무 어렵지 않은 네 가지만 소개했으니, 먼저 실천해보고 각자에게 맞는 방법을 더하여 더욱 안전하고 편안한 일상을 만들어보자.

어떤 사람들은 한국이 치안이 좋고 안전하다는 말을 강조하지만, 그렇다고 하여 마냥 안심해도 되는 세상이냐고 묻는다면 쉽게 그렇다고 대답하기 힘들 것이다. 특히 1인가구는 점점 더 복잡해지는 범죄에 취약할 수밖에 없다. '설마 나한테 그런 일이 생기겠어?'라는 태평한 마음 대신 조금은 유난스러운 마음이 필요하다. 그 마음은 어떻게든 나를 지켜줄 것이다.

운동을 시작한 펭귄,
드디어 사람 되다!

나는 어렸을 때 큰 문제 없이 건강하게 잘 자랐다. 게다가 상경했을 때의 나는 아직 20살 청춘! 어른들이 말하는 '돌도 씹어 먹을 나이'였다. 수능을 끝내고 대학 입학 전까지 몇 개월을 본가에서 지내면서 비싼 돈을 들여 PT를 받고 좋은 음식을 먹으면서 요양했기 때문에 그 당시 내 몸 상태는 말 그대로 '전성기'였다. 와, 그런데 서울에서 산 단 몇 년 동안 본가에서 지낸 20년 평생을 합한 것보다 더 아팠다.

입학 후 1학년 때 농구 동아리를 했었는데, 훈련 첫날 처음 나간 농구 훈련에서 코치님이 자꾸 자세를 더 낮춰야 한다고 했다. 그래서 얼떨결에 훈련을 하는 두 시간 동안 '홀딩 스쿼트' 자세로 있었다. 홀딩 스쿼트는 엉덩이를 뒤로 빼고 앉았다 일어서는 운동인 스쿼트에서, 일어나는 게 없는 동작이었다. 지금 생각해보면 농구할 때 몸을 낮추는 자세와 홀딩 스쿼트는 엄연히 다른데, 당시 헬스밖에 모르던 내가 아는 몸을 낮추는 자세는 그뿐이었던 거다. 그래서 투명 의자 상태로 두 시간을 뛰어다녔다. 그리고 다음 날 아침, 다리가 움직이지 않았다. PT를 받아본 경험이 있어 이게 근육통이라는 건 알겠는데, 정말 다리를 일으켜 세울 수가 없어서 고릴라처럼 주먹으로 땅을 짚고 다녔다. 하루면 낫겠지 싶어 기다렸는데 그다음 날도, 다다음 날도 똑같았다. 실제로 그 코딱지만 한 원룸에서 화장실을 한번 갔다가 다시 자리로 돌아와 골골거릴 때까지 20분이 넘게 걸렸다. (특히 변기에 앉을 때가 정말 지옥이었다) 이 정도로 아프면 근육파열이 아닌가 싶어 소변 색이 갈색인지도 매번 확인하며 마음을 졸였다. 당시 온라인 수업이었으니 망정이었지, 아마 오프라인 수업이었다면 나는 꼬박 3일간 결석해야 했을 것이다.

지옥의 근육통 시간이 지나니 코로나가 찾아왔다. 주변에는 무증상으로 가볍게 지나간 사람들도 꽤 있었는데, 나는 어릴 적 개한테 허벅지를 물려 일곱 바늘을 꿰맸던 것보다 코

095

1장 회색 도시에서 춤을

로나가 더 아팠다. 일주일 동안 아무도 돌봐주지 않는 방에서 땀을 뻘뻘 흘렸고, 간신히 전화 통화로 의사의 진단을 받아 약을 배달받았다. 음식을 주문하거나 요리할 기력도 없어서 햇반을 냄비에 넣어 대충 죽을 만들었고, 그것만 하루 종일 먹었다. 압정을 삼킨 것처럼 목은 따가운데 머리는 어지럽고, 속도 좋지 않아서 죽을 맛이었다. 머리맡 양쪽에 미니 가습기 두 개를 빵빵하게 돌려놓고 누워 있자니 가습기의 뿌연 김이 꼭 장례식에서 피우는 향처럼 느껴졌다. 의식은 점점 흐릿해지고 몸은 아프고…. '이렇게 내가 죽어도 아무도 모르면 어떡하지' 생각하며 일주일을 끙끙거렸다.

어느 날은 일어났는데 얼굴 반쪽이 안 움직였다. 누가 불을 붙인 것처럼 얼굴 반쪽이 뜨겁고 입꼬리도 잘 올라가지 않았다. 이게 말로만 듣던 안면마비인가 싶어서 바로 병원으로 달려갔더니 외이도염이라고 했다. 귀 안쪽에 염증이 생기는 건데 심하면 얼굴까지 통증이 간다고 했다. "귀 자꾸 파시니까 이렇죠!" 하면서 의사가 나에게 화를 냈다. 나 귀 안 파는데…. 어제 머리 안 말리고 귀에 덮고 자서 그런 것 같은데…. 그나저나 아픈 건 내가 아픈데 왜 의사의 짜증까지 받고 있어야 하나 싶은 생각이 들어 서러웠다. 겨우 약을 처방받아 또 이틀 정도 골골댔다.

하루는 화장실에 갔더니 소변이 아니라 피가 잔뜩 나와 있었다. 깜짝 놀라 주변 내과로 가니 방광염이란다. 그래서 항생제를 2주간 복용했는데도 낫지 않았다. 결국 강남에 유명하다는 여성 비뇨기과를 찾았는데, 의사는 내게 암 검사를 해보자고 했다. 방광염치고는 피가 너무 많이 나온다고. 암 검사에 추가로 초음파 검사, 요속 검사 등 다양한 검사를 했다. 그리고 의사는 나에게 500ml 계량컵과 종이를 한 장 주면서 소변을 눌 때마다 이 컵에 소변을 받아서 양을 측정하라고 했다. 그때 나는 회사에 다니고 있었는데, 정말이지 화장실을 다녀올 때마다 괜히 부끄럽고 민망했다. 다행히 암은 아니었지만 소변을 볼 때마다 누군가 묵직한 드라이버로 아랫배를 후벼파는 듯한 통증은 계속되었다. 하지만 '돈 받으면 프로'라는 누군가의 말을 떠올리며, 사회인으로서의 체면을 유지해야 한다는 생각에 사무실에서는 은은하고 점잖은 미소를 억지로 꾸며냈다. 그리고 화장실에 들어가면 바로 모든 안면 근육을 구겨대며 '어억…'하는 신음만 냈다.

그 외에도 갑자기 목에 정체 모를 혹이 생겼다거나, 청

양고추를 썰다가 캡사이신 화상을 입었다거나 하면서 크고
작은 질병들이 자주 생겼다. 병원에 갈 때마다 '이런 걸로도
사람이 아플 수가 있구나' 싶은 창의적인 이유를 들었다. 함
께 있으나 혼자 있으나 아프면 서러운 건 똑같지만, 혼자 있
으니 확실히 회복은 느렸다. 하다못해 어릴 때 개한테 물려
허벅지 절반이 찢어졌을 때도 전신마취 한번 하고 꿰매니까
금세 괜찮아졌는데, 이놈의 방광염은 한 달이 넘게 나를 괴롭
혔다. 혼자였어도 건강한 음식을 챙겨 먹고 잘 쉬었으면 괜찮
았을 텐데 당시의 나는 아무리 아파도 내 몸보다 해야 할 일
이 우선이라 생각했다. 염증에는 아몬드랑 토마토를 갈아 마
시면 좋다고 해도 아침에는 출근하기 바쁘고, 푹 쉬어야 낫는
다는데 당장 야근을 안 할 수가 없으니까. 그 빠르고 촘촘하
게 굴러가는 내 일상에 억척스럽게 끼어들어 직접 갈아 만든
토마토 아몬드 주스를 건네줄 엄마도 없으니까. 당장은 삐걱
삐걱 움직이는 내 몸과, 남들이 다 싱싱하다고 말하는 내 나
이를 믿고 구를 수밖에 없었다.

퇴사하고 나서야 겨우 몸을 일으켜 운동을 시작했다. 사
실 하려고 한 건 아니었다. 야외 배변만 하는 강아지를 임시
보호하게 되면서 하루 세 번 산책하러 나가야 했는데, 마침

주변 산책로가 다 성곽길이었던 것뿐이다. 하루 세 번 오르막길을 오르며 유산소 운동을 하는 생활을 석 달 정도 했더니 체력과 건강이 극적으로 좋아졌다. 덥고 추운 대한민국의 극한 날씨를 뚫고 헉헉대고 있노라면, '건강을 챙기느라 바빠야 겨우 건강해지는구나' 하는 생각을 하게 된다. 일과 공부로 하루를 꽉꽉 채우고 좀 누우려 했는데 또 건강을 챙기려 움직여야 한다니. 조금 억울하긴 해도 어쩔 수 없다.

내가 골골거리던 시절부터 튼튼해진 지금까지 모든 걸 봐온 남자친구는 내가 운동을 시작한 후에 종종 이렇게 말한다.

"너 진짜 사람 됐다!"
"그럼 그 전엔 뭐였는데?"
"음, 펭귄?"

구글에 '펭귄으로 다큐멘터리를 못 찍는 이유'를 검색하면 뚝딱거리는 펭귄들의 영상이 가득 나온다. 힘겹게 한 발 한 발 떼며 느리게 걷는데 삐끗해서 넘어지고, 뭐만 하면 스르륵 미끄러진다. 조금만 걸어도 힘들다고 징징거리고, 일과가 끝나고 집에 돌아오는 길에 비척비척 걸어오는 내 모습을 남자친구는 영상 속 펭귄 같다고 생각했단다. 1인가구가 아니라 1펭가구였던 시절에는 이렇게 뒤뚱뒤뚱 하루를 살다가 한번 아프기라도 하면 쿠당탕! 빙판길에서 넘어지는 펭귄처럼 일상이 무너져 버렸다.

오래 기억에 남는 한 교수님의 말씀이 있다. 극악무도한 업무 난이도와 스케줄을 자랑하는 컨설팅 회사에서 오래 근무하신 교수님은 '실력=체력+집념'이라고 했다. 투박한 말투로 거칠게 말씀하셨던 건데, 회사 생활을 짧게나마 해보니 무척 마음에 와닿아서 자취방 출입문에 붙여두고 나갈 때마다 보고 나간다.

"우리 대학 들어올 정도면 기본 머리는 있을 거야. 그러면 너희 실력은 어디에서 결정되는지 알아? 집념이야. 한 일을 끝까지 물고 늘어지는 집념. 그 집념이 있어야 성장하고 인정받는 거야. 그런데 집념이 있으려면 뭐가 꼭 필요한지 알아? 체력이야. 끈질기게 오래 노력하는 건 집념만으로 할 수 없어. 그 마음을 유지할 수 있게 해주는 체력이 필요하다고. 그러니까 실력=체력+집념이야. 알간?"

그러니 전국의 펭귄들이여! 아직 늦지 않았으니 하루 30분이라도 오르막을 오르며 건강과 체력을 관리하자. 보폭은

크게, 엉덩이와 허벅지 힘으로 바닥을 밀어내듯 오르다 보면
언젠가 사람이 되어있을 것이다.

그저 존재하기 위한 비용

"혹시 월세가 얼마인지 물어봐도 될까?"

"아, 100만원인데 관리비랑 이것저것 하면 달에 120만원 정도 나가는 듯?"

속으로 남몰래 비명을 질렀다. 내 친구 족제비는 인턴을 하기 위해 지방에서 상경했다. 족제비는 인턴 기간인 6개월에 맞춰 집을 구하느라 짧은 기간으로 임대차 계약을 해주는 비싼 오피스텔과 계약을 할 수밖에 없었다고 했다. 안 그래도 비싼 지역인데다 오피스텔이라 더 비싸겠다 싶긴 했지만⋯. 투룸도 아니고 원룸인데 이 가격이라니!

내 남자친구인 자라는 '본 투 비Born to be 서울인', '서울촌

놈' 그 자체이다. 서울에서 태어났고, 서울에서 자랐다. 자라는 부모님과 함께 아파트에 살고 있고 눈 건강이 좋지 않아 공익으로 군 복무를 하고 있다. 아침 8시쯤 눈을 비비며 일어나 걸어서 10분 거리의 근무지에 출근하고, 퇴근해서는 아파트에 있는 헬스장에 가서 "으~ 맛있다!"를 외치며 가슴 운동을 한다. 집에 와서는 운동복을 뱀 허물처럼 벗어 화장실 앞에 던져두고 씻는다. 그 다음 엄마가 만들어준 닭가슴살 볶음밥을 먹는다. 그리고 '랫 풀 다운 제대로 하는 방법' 같은 유튜브 영상을 보면서 내일은 그립을 바꿔봐야겠다고 생각한다. 영상을 보다가 잠이 솔솔 올 때쯤 여자친구에게 전화를 걸어 수다를 떨다가 잠이 든다.

내 친구 족제비는 7시쯤 일어나 집에서 10분 떨어진 사설 헬스장에서 운동을 한다. 아침을 해 먹고 회사에 가서 단백질 음료를 먹으며 일하다가 집에 온다. 설거지하고, 전기세 내고, 청소기 한번 돌린 후 밥을 먹으려고 냉장고를 여니 오늘 안 먹으면 상할 것 같은 당근 토막과 양파 조각이 있다. 몽땅 썰어 넣고 닭가슴살 볶음밥을 해 먹는다. 그리고 '음, 아침에는 허벅지를 조졌으니 이제 등을 조져볼까!'하고 저녁 운동 갈 준비를 한다. 앗, 빨래를 안 해서 입을 운동복이 없다. 부끄럽지만 회사 단체 티셔츠를 입고 가기로 한다. 빨래를 돌리고 운동을 다녀와서 세탁기에서 세탁물을 꺼냈더니 세상에, 왜 흰 셔츠가 파랗게 변해있지? 새로 산 청바지에서 물이 빠졌다. '아, 이거 내일 입으려고 했는데.' 내일 뭐 입을까 고민하다 선택한 슬랙스는 아랫단 박음질이 터져 있었다. 그런데 내가 꿰맬 자신이 없다. '분명 안쪽에는 바느질 자국이 있는데 바깥쪽에는 왜 바느질 자국이 없지? 이거 어떻게 한 거지?' 싶다. 내일 출근하는 길에 수선소에 맡겨야지 생각하고 저녁 먹은 그릇을 설거지하려는데 힘이 없다. 하루치 에너지를 다 소진한 것이다. 흐린 눈으로 설거지를 못 본 체하고 잠에 든다.

족제비는 서울에 존재하기 위해 돈을 많이 쓴다. 월세 100만원, 관리비 20만원에 생활비를 100만원 정도 쓴다. 족제비가 사치스러운 것은 아니다. 회사 왔다갔다 하는 교통비, 사설 헬스장 비용, 공과금 등등을 내다보면 생활비로 100만원을 쓰는 일은 너무 간단하다. 족제비는 서울에 존재하기 위해 시간도 많이 쓴다. 쥐똥만 한 자취방에도 일이 왜 이렇게 많은지! 퇴근하고 좀 쉬려 해도 남아있는 집안일을 하다 보면 곧 자야 할 시간이다. 이 시간을 쪼개 저녁 운동까지 하는 족제비는 정말 '갓생'을 사는 셈이다.

서울에 존재하기 위해, 서울이 주는 기회를 잡기 위해 달에 220만원을 쓰지만, 족제비는 인턴이라 월급을 적게 받는다. 일을 하면 할수록 마이너스인 셈이다. 자라는 달에 60만원을 쓴다. 데이트 비용으로 30만원 정도 쓰고, 나머지는 용돈으로 쓴다. 60만원을 제하고 받는 월급은 적금에 넣는다. 이처럼 자라는 족제비보다 쓸 수 있는 시간도, 돈도 많다. 족제비가 안 그래도 바쁘고 빠듯한 일상에서, 지금보다 더 열심히 굴려굴려 움직이지 않는다면 몇 년이 지났을 때 족제비와 자라의 차이는 훨씬 커질 것이다.

그래서 족제비와 비슷한 처지에 놓인 나도 남자친구인 자라를 부러워한다. 자라뿐 아니라 서울에서 나고 자란 친구들을 부러워한다. 부모님과 오래 함께 지낼 수 있고, 부모님의 생활비에 내 생활비까지 묻어갈 수 있는 친구들이 부럽다. 2년 계약이 끝나고 어디로 가야 할지 고민하지 않아도 된다니! 끝이 나지 않는 집안일을 부모님과 분담할 수 있다니! 존재하는 것만으로도 비싼 비용을 지불하지 않아도 된다니!

김금희의 단편소설 '규카쓰를 먹을래'에는 이런 장면이 나온다.

"너는 가끔 잊는 것 같아. 네가 되게 운이 좋은 아이라는 것."

"내가 뭐가 운이 좋니? 운이 좋으면 이렇게 몇 년을 임용 고시를 못 붙겠어?"

"그러니까 그 못 붙는 상태를 유지할 수 있는 것만으로도 운이 좋다는 거야."

족제비의 사연에 빗대어 나의 하소연을 한 것 같지만, 생각해보면 지방에서 상경해 지내보니 서울에 존재하는 상태를 유지할 수 있는 것만으로도 운이 좋은 거였다. 만약 족제비의 부모님이 월세를 내주지 않으셨다면 족제비는 서울에 존재하기 어려웠을 것이다. 나 역시 돈이 부족할 때 '엄마, 있잖아'하고 전화할 수 없었다면 서울에 존재했다가, 하지 않았다가 했을 테다. 동시에 나는 서울에 존재하는 것이 너무나 당연한 '본 투 비 서울인'들이 부럽다. 부러워하면서 열심히 돈을 벌고, 집안일을 열심히 하고, 공과금을 낸다. 그러다 보면 언젠가 서울에 존재하는 것이 당연한, 존재를 위한 내 노력이 수월해질 때가 오겠지, 하면서.

아쉽지만

돈 많은 백수가
아니라서

저 돈 아끼려고
이러는 거 아닙니다

나는 한평생 소비에 별 관심이 없는 사람이었다. 돈에 대해 내가 가진 생각이라고는 '낭비만 하지 말자'는 생각뿐이었다. 꾸미는 것에도 관심이 없어서 옷이나 화장품에 돈을 쓰지도 않았고, 돈이 드는 취미를 갖고 있는 것도 아닌 데다 미성년 시절에는 의식주를 부모님께 온전히 의탁하다 보니 딱히 돈을 쓸 곳이 없었다. 냉장고에는 항상 음식이 있었고 욕실에 샴푸가 떨어지면 새것을 꺼내놓기만 하면 됐다. 엄청난 미식가도 아니었고, 휴지 같은 소비재를 살 때는 항상 인터넷 최저가로 구매했다. 그래서 나는 스스로를 '특별히 지나친 소비를 하지 않는 사람'이라고 생각했다. 돈과 나를 연결해서 소개하는 이 말은 내가 사치스러운 사람이 아니라는 안도감을 줬고, 그래서 지출에 크게 신경 쓰지 않아도 된다고 방심하게 했다. 그리고 이 사고방식은 첫 달 생활비, 150만원으로 내게 돌아왔다.

서울에서 생활한 첫 달은 내가 태어나고 가장 많은 돈을 썼던 시기다. 물론 자취 첫 달에는 돈이 많이 나가는 게 당연하다. 특히 첫 자취방은 가구 옵션이 하나도 없었기 때문에 지출이 클 수밖에 없었다. 그렇게 정신승리를 시도했지만, 카드 내역을 들여다보니 의아한 구석이 많았다. 특히 식비로 60만원이 나간 게 억울하게만 느껴졌다. 호화로운 외식을 했던 것도 아니고, 비싼 배달음식 한번 시켜 먹지 않았다. 당시의 나는 대부분의 끼니를 때우듯 먹었기 때문이다. 대충 두유에 샌드위치 하나, 그리고 온종일 집에 있다가 저녁에 카페 한번 다녀오는 식이었다. 모두 '이 정도는 쓸 수 있는 돈 아닌가?' 싶은 비용이었다.

그렇지만 그런 비용이 모여 60만원이 되었다. 한 끼를 대강 6,000원으로 잡고(샌드위치 4,000원, 두유 2,000원) 하루에 두 번의 끼니를 챙긴다고 생각하면 12,000원. 커피 한잔 마시면 금세 하루 식비가 16,000원이다. 이렇게만 살아도 달에 식비로 480,000원이 나오고 주에 두어 번 잡히는 식사 약속에 술 약속까지 더하면, 달에 식비로 60만원을 지출하는 것은 아주 쉬웠다. 누군가는 60만원 식비가 적당하다고 생각할지 모르지만, 맛 평가를 할 때 '달고 짠데?'가 최선인 내가 전체 지출의 약 35%를 식비로 쓰는 건 낭비였다.

무엇보다 먹는 것에 돈을 많이 쓰니, 책을 사거나 영화를 보는 데 돈을 쓰지 않게 되었다. 식비를 줄이는 것은 장을 보고 요리를 한 후 뒷정리까지 하는 근면성실함을 요구하지만 문화예술비를 줄이는 것은 그저 게을러지기만 하면 되기 때문이다. 신간이 나오면 제목도 확인하지 않고 구입하던 작가들의 책을 사지 않고, 관심 있던 감독의 영화가 개봉해도 보지 않는 일은 당장 점심을 요리해 먹는 일보다 훨씬 쉬웠다.

하던 대로 식비를 많이 쓰고 문화예술비를 아낄 수도 있겠지만 나는 그런 내 모습이 마음에 들지 않았다. 먹지 않는 것이 병을 예방하는 시절인 요즘, 먹는 것에 돈을 쓰느라고 책을 사지 않고, 영화를 포기하는 생활은 내가 바라는 내 모습이 아니었다. 결국 나는 식비를 줄이기로 결심했고, 그 목표를 이루는데 가장 큰 도움을 준 것은 바로 가계부였다.

서울에 올라온 지 몇 년이 된 지금은 달에 식비로 15만원에서 25만원 정도를 쓴다. 약속이 조금 많은 달에는 25만원 정도를, 약속이 적은 날에는 15만원으로 풍족하게 생활하면서 60-70만원을 쓸 때보다 더 건강하게 먹고 있다. 식비를 아낀 돈으로 관심 있는 분야의 잡지를 구독했고, 달에 한 번은 영화를 본다. 도서관에서 빌려 본 책 중 소장하고 싶은 책은 과감하게 구입하기도 한다.

돈은 많은 기회를 만들어주고 다채로운 경험과 가치를 소비할 수 있게 해주는 수단이다. 가계부를 쓴다고 하면 무조건적인 절약을 생각하기 쉽지만, 내게 가계부는 내 소비의 가치를 확인하는 수단으로 남아 있다. 가계부를 쓰면 어떤 소비가 낭비였는지, 어떤 소비가 좋은 소비였는지 회고하는 시간을 가질 수 있고, 그 경험을 바탕으로 다음 달에는 더 좋은 소비로 가계부를 채울 수 있다.

최근 가계부를 정리하면서 내가 구독한 서비스들이 너무 많다는 생각이 들었다. 당시 나는 무료배송 멤버십, 유튜브 프리미엄 멤버십, 스트리밍 멤버십까지 세 가지 서비스를 구독하고 있었고 매달 약 2만원 정도가 나갔다. 당시 학교 계정을 통해 구글을 사용하면 구글 드라이브에 용량 제한이 없었는데, 이 정책이 폐지되면서 구글 프리미엄 멤버십까지 구독해야 할 판이었다. 드라이브 용량은 타협할 수 있는 부분이 아니었기에 꼭 구독해야 했는데 왠지 구독 서비스가 하나 더 느는 게 이상하게 마음이 불편했다. 서울에서 '숨만 쉬어도 나가는 돈'이 늘어나는 기분이었다. '이렇게 구독 서비스가 하나하나 늘어나다 보면 끝도 없겠지' 하는 생각이 든 나는 원래 구독하던 서비스 3개 중 하나는 해지하겠다고 다짐했고, 그중 유튜브 프리미엄 멤버십을 해지했다.

　　유튜브 프리미엄 멤버십을 구독하면 구독하기 전으로는 돌아갈 수 없다는 사람들의 말이 생각났다. 광고 없이 영상을 볼 수 있을 뿐 아니라 음원 스트리밍 서비스까지 겸했던 서비스였기 때문에 더욱 그랬다. 평소 설거지를 하거나 외출 준비를 할 때 조용한 게 싫어 좋아하는 유튜버의 플레이리스트를 틀어 놓곤 했는데, 이 서비스를 해지하면 무엇으로 그 적막을 깰 수 있을까 싶었다. 그래도 '여자가 칼을 뽑았으면 무라도 썰어야 한다'는 말을 떠올리며 일단 구독 서비스 없이 한 달 살아보고, 영 안 되겠으면 다시 구독해보자는 마음으로 해지했다.

　　광고가 있는 유튜브는 정말이지, 너무 정신없고 불쾌했다. 영상 중간중간에 튀어나오는 광고들이 놀이공원 귀신의 집에서 불쑥 튀어나오는 귀신처럼 느껴졌다. 광고는 얼마나

113

2장　아쉽지만 돈 많은 백수가 아니라서

긴지, 광고 건너뛰기 버튼을 누르지 않으면 영상으로 잘 넘어
가지도 않았다. 샤워할 때 노래를 듣겠다고 유튜브를 틀어놨
다가 생판 처음 듣는 게임 광고만 5분 넘게 들은 적도 있다.

광고가 있는 유튜브가 불편해지기 시작하면서, 자연스
럽게 유튜브와의 '거리두기'가 익숙해졌다. 유튜브 프리미엄
을 구독할 때는 광고가 나오지 않으니 청소를 하거나 쉴 때도
계속 노래를 틀어 두었는데, 유튜브를 끊으니 이제 생활 속
소리에 집중하며 제대로 된 휴식을 할 수 있었다. 무엇보다
프리미엄을 해지하고서야 내게 그런 습관이 있었음을 자각
했다는 것도 놀라웠다.

항상 틀려있던 음악이 없으니 허전하긴 했지만 그 대신
뭘 해도 좀 더 몰입해서 할 수 있었다. 청소할 때 너무 심심하
면 라디오를 들었다. 교양 라디오를 들으며 지구 반대편의 낯
선 언어들도 괜히 따라해보고, 새로 나온 책들의 소식을 듣기
도 했다. 이동할 때도 음악을 듣는 대신 주변 소음을 들으며
걸으니 안 보이던 것들이 보였다. 발걸음은 느려졌지만 고개
는 더 열심히 돌아갔다. 가로수에 앉은 직박구리의 포슬포슬
한 머리털을 만져보고 싶다는 충동도 들었고, 비 오는 날 기
울어진 전봇대 전선을 미끄럼틀 타고 내려가는 동글동글한

물방울도 보았다. 유튜브 프리미엄이 없는 세상은 좀 더 재밌었고 귀여웠다.

무엇이 내게 좋은 소비이고 무엇이 나쁜 소비인지를 알려면 일단 내가 돈을 어디에 쓰는지 알아야 한다. 그리고 이를 기반으로 조금씩 조정해본 소비 패턴은 우리에게 더 괜찮은 일상을 선물해준다. 나의 경우 가계부는 사랑하는 사람에게 더 많은 선물을 하게 하고, 마음에 꾹꾹 눌러 담을 수 있는 책을 가질 수 있게 해주고, 반려 식물들을 집에 들일 수 있게 해주었다. 따뜻하고 몽글몽글한 삶을 살게 해주었다.

누군가가 1인가구가 왜 가계부를 쓰냐고 묻는다면 나는 '줏대 있게 살기 위해서'라고 대답하겠다. 소비하는 것이 일상인 현대사회에서, 사회가 강요하는 가치에 휩쓸려 사는 것이 아니라 내가 원하는 삶과 가치를 적극적으로 추구하며 살고자 하는 노력이라고. 동시에 무엇 하나 남한테 맡길 수 없고 생존에 대한 모든 일을 혼자 감당해야 하는 상황에 놓여있지만, 그럼에도 나는 나의 삶의 중심을 잃지 않겠다는 하나의 선언이라고.

우리 가족의
해피엔딩 기획서

'가계부를 보면 내가 멍청이가 된 것 같아.'

가계부를 처음 썼던 달에 했던 생각이다. 무지막지한 술값, 도서관 연체료 같은 일명 '바보비용', 한 번 시킬 때는 분명 2만원이었는데 어느덧 눈덩이처럼 불어나 달에 20만원이 된 배달 값까지. 가계부를 쓰기 시작하면 차라리 모르는게 정신건강에 좋았을 사실들을 발견하게 된다. 가계부를 쓴다고 썼던 돈이 안 쓴 돈 되는 것도 아닌데, 왜 가계부를 써야할까? 물론 소비를 계획적으로 할 수 있고 낭비를 줄일 수 있다는 표면적인 이유도 있지만, 나는 가계부를 왜 써야 하는지고민하는 과정에서 내가 무엇에 결핍이 있는지 알 수 있게 되었고, 가계부를 통해 그 결핍을 일부 채울 수 있게 되었다.

돈은 기본적으로 교환수단이다. 그러니 가계부를 쓰며 절약을 하고 싶다는 말은 내가 갖고자 하는 것에 대한 욕망이 있다는 말을 내포한다고 생각한다. 원하는 것이 없다면 뭐하러 돈을 절약할까? 그냥 있는 대로 써버리면 될 것을. 하지만 돈은 대체로 우리가 원하는 것을 이룰 수 있도록 지원해 줄 수 있는 힘이 있다. 단순히 '신상 전자기기를 갖고 싶다' 같은 구체적인 소망 말고도, '부모님과 행복한 추억을 만들고 싶다'와 같은 추상적인 소망도 돈이 있으면 이루기 쉽다. 함께 해외여행을 다녀오거나 좋은 식당에 다녀오는 식으로. 그러니 가계부를 쓰기 전에 왜 내가 가계부를 쓰고 싶어 하는지, 가계부 쓰기를 통해 무엇을 얻고자 하는지 성찰해보자. 분명 가계부를 지속해서 쓸 수 있는 동기가 되어줄 것이다.

가계부를 처음 쓰기 시작했던 20살의 나는 가계부를 쓰지 않아도 괜찮았다. 딱히 수입이랄 게 없던 때였고, 돈을 아낄 필요도 없었기 때문이다. 대학생이 되었다고 여기저기서 '대학생축하금'은 계속 들어오는데, 코로나 바이러스로 규제가 강화돼서 놀지도 못하는 바람에, 머쓱하게도 돈을 쓸 구석이 없었다. 그 돈으로 주식 투자를 해보기도 했는데, 수익률이 40%를 넘긴 덕분에 통장에 처음 보는 숫자가 찍혔다. 통장에 있는 돈만 사용해도 최소 1년간의 생활비는 마련이 됐고(사치에 관심 없는 내 기준이지만), 집안 사정도 어려운 편이 아니라 돈이 없으면 부모님께 요구하여 용돈을 받을 수 있는 상황이었다.

그러니 내게는 돈을 아껴야 하는 이유가 없었다. 고등학교를 갓 졸업해 자유를 얻은 20살, 뚱뚱한 지갑, 든든한 부모님. 이 모든 조건은 내가 소비를 통제하지 않아도 괜찮은 타당한 이유를 만들어주고 있었다. 하지만 나는 돈이 있어도 돈을 생각 없이 쓸 수 없었다.

어릴 적 나는 우리 집이 소설에 나오는 빈곤 가정인 줄 알았다. 다른 친구들은 다 가는 가족여행, 계절이 바뀔 때마다 보이는 새 옷, 부엌 한켠에 쌓여있는 과자들과 바다를 건너온 낯선 과일은 우리 집에서 찾아볼 수 없었다. 그래서 어렸던 나는 막연히 '우리 집이 경제적으로 어렵구나' 생각했다. 초등학교에서 저렴한 가격으로 중국 여행을 보내준다고 했을 때 가정통신문에 적힌 비용을 보고 안내문을 그대로 쓰레기통에 버렸던 아이, 집에 가서는 사실 해외에 나가는 게 무섭다고 말했던 아이, 그리고 출근하는 아빠가 돈이 없어 밥을 사 먹지 못할까 봐 매일 받았던 용돈 500원을 모아 만든

5,000원을 건넸던 아이가 어린 시절의 나였다.

우리 집이 가난할 거라고 예상한 데는 부모님의 행동이 큰 영향을 미쳤다. 엄마는 집안일과 바깥일을 모두 해내며 항상 바쁘게 움직였다. 당시 엄마는 고통스러운 만성 염증성 장 질환을 앓고 있었는데, 그 때문에 픽픽 쓰러지면서도 항상 쉬지 않고 움직였다.

엄마가 가방이나 옷을 사는 모습은 아주 드물게만 볼 수 있었다. 그조차 백화점의 세일 코너 가판대를 뒤적거려서 최대한 싸면서 오래 입을 수 있는 옷을 찾는 모습, 투박하고 큰 핸드백을 하나 사서 10년 넘게 매고 다니던 모습 정도였다. 그 흔한 반지 하나 없는 엄마에게 왜 액세서리를 안 하냐고 물으면 엄마는 "귀찮고 거추장스러워서 안 해~"라고 대답했지만, 나는 엄마의 시선이 곧잘 다른 사람의 귀걸이나 시계 따위에 머무르는 걸 보았다.

하루는 엄마가 친척 조카의 결혼식에 다녀왔는데, 한창 사회생활을 하던 조카가 엄마의 빈손을 보고 본인이 차고 있던 시계를 채워주었다. "고모 나이면 피부과 하나 등록해서 다니면서 관리도 하고 예쁜 액세서리도 좀 하고 다녀야지!" 하고 살갑게 말해주는 조카를 보고 엄마는 어떤 생각을 했을까, 상상하게 된다.

나는 엄마가 다른 엄마들처럼 좋은 옷을 입길, 맛있는 것을 먹길, 친구들과 놀러 다니길 바랐다. 하지만 엄마는 아픈 몸을 이끌고 꾸역꾸역 일을 하면서도 돈은 쓰지 않는 사람이었다.

아빠는 직장생활을 하다 보니 엄마보다는 상황이 나았다. 하지만 아빠도 낡은 트럭을 타고 대학 강의를 하러 다녔고, 한번 고른 옷은 보풀이 일어나고 닳아서 구멍이 날 때까지 입었다. 낡고 유행이 지난 옷들을 다른 사람에게 받아 입기도 했다. 부모님의 지인 중에는 물건을 버리지 못하고 계속 모아두는 저장강박증을 갖고 계신 어른이 있었는데, 서울에 여러 채의 원룸 건물을 갖고 계신 분이기도 했다. 그 어른은 원룸 건물을 관리하며 세입자들이 버리고 간 것 중 쓸 만한 옷들과 물건들을 우리 집으로 보냈고 부모님은 그중에서 사이즈에 맞는 옷들을 골라 입으셨다. 물론 멀쩡한 옷들이었지만 남들이 입던 옷을 입는 부모님이 조금 부끄러웠고 때론 안타까웠다.

우리 집이 빈곤한 가정이 아니라 극단적으로 절약하는 가정이라는 것을 깨달았을 때는 시간이 한참 지난 뒤였다. 내가 중고등학교에 올라가면서 부모님이 슬슬 내 앞에서도 경제상황을 이야기하기 시작했고, 집에 어떤 자산이 얼마나 있으며 빚이 어느 정도 있는지 대략 알게 되었다. 물론 부유하다고 말하기는 어려웠지만, 엄마가 쓰러져 가며 노동하지 않아도 될 정도라는 것과 아빠의 점심값을 걱정하지 않아도 될 정도의 집이라는 것을 알게 되었다.

문득 생각해보니 집 내부가 초라해서 그렇지 나는 30평이 넘는 전원주택에 살고 있었고, 마당은 천방지축이었던 내가 어린 시절 하루 종일 뒹굴고 놀 수 있을 정도로 넓었다. 심지어 여름에 찾던 별장도 따로 있었다.

그런데도 부모님은 돈을 쓰지 않았다. 엄마가 내게 속이야기를 하기 시작하면서 그 이유를 짐작할 수 있게 되었는데, 엄마는 오빠가 몸이 아픈 장애아로 태어나면서 오빠의 치료를 위해 온 힘을 쏟았다고 했다. 여러 병원을 전전하며 애써 봐도 큰 차도가 없자 엄마는 시골에서 서울 종로구 혜화동에 있는 서울대학교병원에 아이를 업고 올라왔다. 의사는 엄마에게 "이 아이는 장기전입니다. 돈과 체력을 비축하세요."라고 조언했다. 부모가 힘을 들이는 만큼 곧바로 나아지지는 않을 거라며, 오랜 시간의 치료가 필요하니 이를 위해 체력적으로도, 경제적으로도 대비하라고 했다. 이 말은 엄마의 마음

어딘가에 새겨져 엄마의 인생을 '대비하는' 인생으로 만들었다. 오빠가 아플 때 치료할 수 있도록 '대비하는' 인생, 나중에 어엿한 사회인이 되기 힘들 수도 있는 오빠의 미래를 '대비하는' 인생.

그래서 엄마는 돈을 열심히 모으되 쓰지 않았다. 오빠에게 일어날지도 모르는 모든 상황에 대비하기 위해 먹지 않고, 입지 않고, 누리지 않았다. 엄마의 극단적인 절약 습관은 나에게도 영향을 미쳤다. 어린아이들은 종종 공룡 인형이나 장난감 자동차 같은 하나의 대상에 강하게 집착하기도 하는데, 어린 시절의 나에게는 그게 필기구였다. 당연히 돈을 극단적으로 쓰지 않았던 엄마는 필요 이상의 필기구를 사주지 않았고, 엄마는 그 점이 지금 되돌아 생각해보면 후회가 된다고 했다. 어린 시절의 나는 그냥 '내가 이미 필통이 있으니까 더 안 사주는구나'하고 말았지만 엄마에겐 그 기억이 상처가 된 모양이었다.

그렇게 아득바득 아껴가며 살던 엄마는 오빠가 공무원 시험에 합격했을 때, 상기된 얼굴로 "이제 짜장면은 먹고 싶을 때 먹을 수 있겠다!"라고 말했다. 아들의 불안정한 미래를 염려해 먹고 싶었던 짜장면 한 그릇을 마음 놓고 못 먹었던 엄마. 그런 엄마에게 돈이란 불안정한 현실 속에서 당신이 할 수 있었던 최대한의 노력이자 최소한의 대비책이었다.

오빠에게 안정적인 삶이 주어진 이후 엄마는 가끔 본인을 위해 지갑을 열었다. 가끔 짜장면 외식을 하기도 하고, 브랜드 신발은 아니지만 시장에서 편한 새 신발을 사 신기도 했다. 하지만 엄마에게는 자식이 하나만 있는 것이 아니었다. 서울에 있는 대학에 덜컥 붙어버린 딸도 있었다. 엄마에게는 딸이 사회에 정착하기 전까지 금전적인 지원을 할 수 있도록 '대비해야' 한다는 미션이 또 생겼다.

엄마에게 한 번씩 우스갯소리로 '환경운동가 같다'고 이야기한다. 옷을 계속 사 입는 게 환경에 해롭다는 환경운동가들의 외침에 걸맞게(?) 엄마는 여전히 낡고, 유행이 30년은 지난 것 같은 옷을 입는다. 화장실이 많이 낡고 추워도 수리하지 않고, 보일러 기름을 아껴야 한다며 그 커다란 집에 살면서 작은 방에만 머무른다. 식재료들은 밭에서 직접 재배해서 마트도 달에 한 번 갈까말까 한다. 소비를 잘 하지 않고, 여행도 가지 않으며, 고기를 잘 먹지 않는다는 점에서 웬만한 환경운동가들은 엄마의 상대가 되지 않을 것이다. 고도로 발달한 거지는 환경운동가와 구분할 수 없다는데, 자식을 위해 지독하게 절약하며 사는 엄마도 환경운동가와 구분할 수 없는 건 마찬가지였다.

　엄마는 26살에 결혼했고, 얼마 전 환갑을 넘겼다. 30년이 훌쩍 넘는 세월 동안 쓰지 않고 먹지 않는 생활에 익숙해진 것일까? 내 길은 내가 닦을 테니 너무 소비를 옥죄지 말고 엄마를 위해 돈을 좀 썼으면 좋겠다는 나의 말에 엄마는 이제 갖고 싶은 것도, 하고 싶은 것도 없다고 대답했다.

　엄마는 내가 어렸을 때부터 여자도 일을 해야 된다고, 전문성이 있어야 한다고 입버릇처럼 말했다. 만약 엄마가 전문성이 있었다면 돈을 벌 수 있었겠지. 돈을 충분히 벌 수 있었다면 아픈 아이를 혼자 키울 수 있었겠지. 그러면 당신의 뒤통수에 소금을 뿌리며 '네 X이 우리 집에 들어와서'로 시작되는 시부모의 가정폭력을 견디면서 결혼 생활을 유지하지 않아도 됐겠지. 아픈 친정 엄마에게 장애아를 맡기고 밥을 굶어가며 공장에서 일하지 않아도 됐겠지. 지금의 나와 비슷한 나이대였던, 그 시절의 엄마를 생각하면 그만 눈을 질끈 감게 된다.

　과거에 해결하지 못한 상처, 젊은 시절 과하게 노동한

대가로 얻은 질병 등 엄마가 온전히 짊어져야 할 짐들이 여전히 많다. 그것은 배우자도, 자녀도 대신 짊어지지 못하는 당신만의 짐일 것이다. 그럼에도 나는 엄마의 인생에 확실한 의미부여를 해줄 수 있는 몇 안 되는 인물 중 하나이다. 그러니 온몸으로 엄마에게 보여주고 싶다. 엄마는 정말 헛되지 않게 인생을 열심히 살아왔다고. 덕분에 엄마의 자녀는 남부럽지 않게 행복하고, 성장하고 있고, 앞으로 다가올 삶의 과제를 현명하게 해결해 나갈 수 있게 되었다고. 당신이 나를 만나기 전까지 살벌하게 버텼던 시간은 모두 우리 가족의 해피엔딩을 위한 디딤돌이었다고.

본인의 인생을 자양분 삼아 잘 자란 자녀를 보는 일은 엄마에게 그 무엇보다 큰 보상이자 의미 부여가 될 것이다. 그래서 나는 가계부를 통해 삶의 중심을 잡고, 나의 행복에 맞는 지출을 하며 '아쉬움 없이 잘 자란 딸'이 될 수 있도록 노력하고 있다. 그게 엄마를 위해 지금 내가 해줄 수 있는 최선이라는 걸 알기 때문이다.

그러니 내게 가계부를 쓰는 일은 단순히 돈의 들어옴과 나감의 흔적을 남기는 일이 아니다. 내 행복을 기획하는 일이고, 나아가 엄마와 나의 행복을 기획하는 일이다. 이러한 지

2장 아쉽지만 돈 밝은 배우가 아니라서

향점을 가지고 가계부를 쓰면서 나는 나의 행복에 대해 더 깊이 성찰하게 되었고 내가 무엇을 할 때 내가 해낼 수 있다는 확신을 느끼는지 알게 되었다. 그리고 결국, 나는 가계부를 쓰면서 확실히 더 성장했고 더 행복해졌다.

가계부를 쓰고 싶은데 습관을 들이지 못했다면 내가 가계부를 쓰면서, 그리고 돈을 통해서 어떤 것을 얻고자 하는지 더 고민해보자. 추상적이더라도 이 질문에 대한 명확한 답을 떠올릴 수 있다면 가계부를 오래 써나갈 수 있다. 내가 내린 답인 '엄마와 나의 해피엔딩'과 같은 추상적인 답이라도, 진심이기만 하다면 충분히 가계부 쓰기의 동력이 될 수 있다.

지속가능한
가계부의 조건

나는 초기에 가계부를 '잘' 써보려다가 자주 실패했다. 다이어리를 쓰는 습관이 이미 잡혀 있어 가계부 하나쯤 추가하는 것 정도는 별것 아니라고 생각했는데, 따로 가계부 노트를 만들어 예쁘고 정갈하게 쓰려고 하니 꾸준히 지속하기가 어려웠다. 고르고 고른 예쁜 가계부 노트가 몇 달 뒤 먼지 쌓인 채로 구석에서 발견되는 엔딩을 맞았다. 게다가 이런 아날로그 방식은 자동으로 항목별 합산이 되지 않아 일일이 사용한 비용을 더해줘야 해서 번거로웠다. 그래서 내가 오늘까지 총 얼마를 쓴 건지를 알기 위해서는 제때제때 잘 정리해줘야 했는데, 정리가 하루이틀 밀리면 무척 귀찮아졌다. 각 항목에 맞게 덧셈을 해주고, 그걸 또 다 더해서 총액을 써줘야 하고…. SNS에 나오는 멋진 수기 가계부를 따라해보고 싶었는데 꾸미는 걸 잘 못하는 '똥손'이라… 거기다 부지런해도 어려울 판국에, 게으르기까지 하니 수기로는 가계부를 지속해서 쓰기가 어려웠다.

　　게을러서 제때제때 가계부를 못 쓰는 거라면, 매번 가지고 다니는 것을 활용해서 가계부를 쓰면 되지 않나 싶었다. 찾아보니 핸드폰 앱 가계부가 정말 잘 나와있었다. 심지어 결제를 하면 카테고리도 알아서 딱딱 분류해주었다. 하지만 이 방법 역시 한 달을 채 가지 못했다. 내가 확인하지 않아도 앱이 알아서 잘 정리해주니 정작 내가 내 가계부를 잘 열어보게 되지 않았기 때문이다. 그저 말일쯤에 한번 쓱 열어보고, '음, 많이 썼군!'하는 데 그쳤다.

　　무엇보다 앱을 확인하러 핸드폰을 켰다가 자꾸 딴 길로 새는 내 모습을 발견했다. 결제를 할 때마다 앱이 돈을 잘 분류했나 확인하려고, 이번 달에는 총 얼마나 썼나 확인하려고 핸드폰을 집었다가 유튜브나 넷플릭스를 보게 됐다. 안 그래도 핸드폰을 만지는 시간을 줄이고 싶어서 사용 시간이 많아지면 자동으로 핸드폰이 잠기는 앱을 설치하는 등 별별 노력을 다하던 참이었던 터라, 가계부 앱은 나에게 잘 맞지 않았다. 또한 앱 가계부는 사용한 총액을 확인하는 데는 유용했지만 섬세하게 항목을 분류해서 사용하기에는 불편했다. 예를 들어 편의점에서 결제한 건을 앱이 임의로 분류하면 그냥 '편의점'으로 찍히지만, 사실 먹을 걸 샀을 수도 있고 생필품을 샀을 수도 있다. 결제의 목적이 무엇인지는 앱이 모르기 때문에, 결국 내가 한 번 더 이 결제 건이 어떤 항목에 해당하는지 표기해주어야 했다. 사소한 불편함이 쌓이자 이조차 내게 딱 맞는 방식은 아니라고 느꼈다.

수기로 쓰는 가계부는 너무 시간이 오래 걸리고 번거로워서 문제고, 간편한 핸드폰 앱은 가계부에 아예 관심을 끄게 되는 게 가장 큰 문제였다. '매일 오늘의 소비를 돌아보며 중간 점검을 할 수 있도록 자주 볼 수 있게 해주면서도 덧셈 정도는 자기가 알아서 해주는 가계부 뭐 없나?'와 같은, 따뜻한 아이스 아메리카노 같은 가계부를 찾았다.

그 결과 나는 '구글 스프레드시트'에 정착했다. 구글 스프레드시트는 간단한 함수를 설정해두면 항목별 지출 내역, 이번 달의 지출 내역을 실시간으로 확인할 수 있고, 어느 스마트 기기에서나 로그인만 하면 작성할 수 있기에 접근성도 좋았다. 특히 365일 거북이 등딱지처럼 노트북을 지고 다니면서 항상 켜 두는 내 생활패턴에도 잘 맞았다. 소비 내역을 매일 직접 작성해야 한다는 점에서 매일의 소비를 돌아보고 중간 점검을 하기에도 적합했다. 적당히 편하고, 적당히 불편한 게 구글 스프레드 시트였다.

자신만의 '꾸준히' 포인트가 모두 다르기 때문에 가계부의 형태에는 정답이 없다. 아날로그 방식을 좋아하는 사람은 수기 가계부를 쓰는 게 더 즐거워 오래 사용할 수 있을 테고, 스마트폰을 사용하면서도 도파민 중독에 빠지지 않는 사람이라면 가계부 앱이 더 적합할 것이다. 하지만 아직 어떤 형태의 가계부가 본인에게 가장 적절할지 잘 모르겠다면 다음 두 가지 기준을 활용해서 가계부를 선택해보자.

1. 매일 확인할 수 있나?

가계부를 매일 확인하는 것이 중요한 이유는 앞서 말했듯 '중간 점검'이 가능해야 가계부를 쓰는 의미가 있기 때문이다. 한 달 동안 돈을 다 써놓고 '음, 많이 썼군!'하는 것보다 당연히 매일 소비 행동을 수정하면서 각 소비 항목별 균형을 맞춰나가는 것이 좋다. 한 달이 절반쯤 지난 시점에서 커피값으로 너무 많은 돈이 나갔다고 느껴진다면, 남은 날들은 집에서 커피를 타서 다니는 식으로 행동을 수정할 수 있다. 그뿐만 아니라 가계부를 자주 보면 가계부에도 정이 붙는다. 이번 달에 꼭 소비를 조정해서 알찬 가계부를 만들어보겠다는 욕심까지 생기게 되어 가계부 쓰기를 더 꾸준히 지속할 수 있게 된다.

2. 가계부가 생활 동선 안에 있나?

가계부는 매일 쓴다고 해서 당장 누가 떡을 주는 것도, 성과로서 남들에게 인정받을 수 있는 것도 아니다. '아무런 보상도 없고, 자잘하고 귀찮기만 한 가계부를 내가 꾸준히 쓸 수 있을까?'라는 자기 의심을 해보자. 일과 중에 새로운 일을 추가해서 매일 꾸준히 하는 것은 생각보다 에너지가 많이 드는 일이다.

그러니 일단 '잘 못할 것 같은데?'라는 자기 의심을 깔아 두고, 내가 가계부를 매일 쓸 수 있도록 도와줄 수 있는 형태의 가계부를 선택하는 것이 현명하다. 나의 경우 구글 스프레드시트가 적당했다. 공부나 일을 할 때 대부분 노트북을 사용하기 때문에 가계부를 쓰기 위해 다른 도구를 꺼내야 할 수고로움도 줄일 수 있었고, '바로가기'로 시트를 설정하여 눈에 자꾸 보이게 두면 일과 중 잠깐 쉴 때 딴짓으로 가계부를 쓰게 되었다. 나의 생활 동선을 파악하고 그 동선 안에 가계부를 쓸 수 있도록 배치해두면 가계부 쓰기가 훨씬 쉬워진다.

나는 실패했던 방법이지만 매일 일기를 쓰는 게 습관인 사람은 일기장 뒤에 가계부 양식을 출력해 붙여 두면 좋고, 이동 시간에 핸드폰을 만지는 게 습관인 사람은 앱을 홈 화면에 추가해 두면 자주 확인할 수 있을 것이다.

가계부를 쓰는 일은 첫 달이 가장 힘들다. 하지만 석 달 치 정도만 쌓여도 가계부 쓰기에 재미를 붙일 수 있으니, 본인에게 적절한 가계부 형태를 찾아서 꾸준히 지속해보자. 그러면 그 뒤는 정말 쉬워진다. 소비가 점점 줄어들고 쓸데없는 곳에 돈을 낭비하는 경우가 적어지는 게 눈에 보이기 때문이다. 이러한 의미에서 가계부는 단순한 소비 기록이 아니라 나의 성장 기록이기도 해서, 오래 쓰면 오래 쓸수록 귀찮음보다 뿌듯함이 더 커진다. 간식비를 줄여 질 좋은 영양제를 구입한 나, 배달을 줄이고 요리를 자주 해 먹는 내 모습이 가계부 안에 녹아 있다는 것이다.

모든 일이 그렇듯, 처음이 어렵다. 나의 '꾸준히' 포인트에 맞는 수단을 찾기 위해 몇 달을 방황할 수도 있다. 하지만 어차피 시간이 걸려야 할 거라면 빨리 시작해서 빨리 정착하자. 내게 잘 맞는 가계부의 형태를 찾은 이후로는 가계부 쓰기가 무척 쉬워진다. SNS에서 보이는 화려한 가계부, 유려한 엑셀 가계부에 미련을 두지 말고, 나만을 위한 기특하고 소중한 가계부를 하루빨리 만나보길 바란다.

100인 100부 법칙

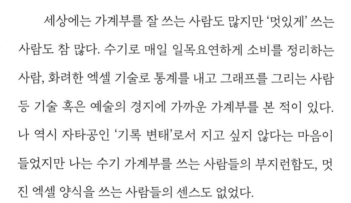

세상에는 가계부를 잘 쓰는 사람도 많지만 '멋있게' 쓰는 사람도 참 많다. 수기로 매일 일목요연하게 소비를 정리하는 사람, 화려한 엑셀 기술로 통계를 내고 그래프를 그리는 사람 등 기술 혹은 예술의 경지에 가까운 가계부를 본 적이 있다. 나 역시 자타공인 '기록 변태'로서 지고 싶지 않다는 마음이 들었지만 나는 수기 가계부를 쓰는 사람들의 부지런함도, 멋진 엑셀 양식을 쓰는 사람들의 센스도 없었다.

나에게는 간단한 가계부가 필요했다. 뭐든 귀찮아지면 금방 하기 싫어지는 법이니, 지루함을 느낄 새도 없이 빠르게 끝낼 수 있는 가계부가 필요했다. 몇 달간의 시행착오 끝에 완성한 지금의 가계부 양식은 작성하는데 하루에 3분도 채 걸리지 않지만, 불필요한 소비 습관이 무엇인지 명확하게 보여준다. 한 달의 끝에 나는 완성된 구글 스프레드시트 한 장으로 내 소비를 돌아보고 다음 달에는 어떤 항목을 얼마나 줄이고 늘릴지를 결정한다. 이 과정을 통해 필요 없는 항목에는 최대한 적게, 나의 성장과 행복이 필요한 항목에는 많이 지출하도록 하고 있다.

모두의 라이프스타일은 다르고, 그 때문에 가계부의 모양 역시 각기 다르기에 가계부의 형태에는 정답이 없다. 하지만 내 라이프스타일을 가장 잘 반영하여 내 지출을 잘 설명할 수 있는 가계부의 형태는 있다. 그 가계부에 적절한 항목을 만들고, 이를 바탕으로 지출 내역을 작성하고, 피드백을 거치는 과정은 어떤 가계부의 형태를 사용하든 동일하겠지만 나름의 놓치지 말아야 할 디테일을 챙긴다면 더 효과적으로 지출을 관리할 수 있다.

나는 구글 스프레드시트(이하 시트)로 가계부를 쓰고 있다. 노트북이 몸에 붙어 떨어지지 않는 현대인들에게는 시트 가계부가 접근성도 좋고 쓰기도 편리하다. 나는 아래의 네 가지 과정을 거치며 매달 시트 가계부를 한 장씩 만들어내고 있는데, 이러한 과정을 참고해서 자신만의 라이프스타일을 담은 가계부를 잘 작성할 수 있기를 바란다.

Step 1. 항목 설정하기

'어제 2만원 썼고, 오늘 4만원 썼고, 그래서 이번 달은 200만원을 썼네?' 하는 식으로 지출의 총액만 파악하는 가계부는 힘이 없다. 다음 달에 어떻게 지출을 통제할 수 있는지 구체적인 계획을 세우기 어렵기 때문이다. 4월에 식비가 너무 많이 나갔다면 '5월에는 일주일에 외식을 1번만 하자!'와 같은 현실적인 대안을 세워야 한다.

이러한 구체적인 대안을 세우려면 가계부 안에 여러 항목을 설정해야 한다. 하지만 '식비'처럼 포괄적인 항목들만 사용하면 구체적인 행동 계획을 수립하기 어렵다. 만약 '식비'라는 항목을 만들어두고 그 안에 한 달 동안 먹고, 마시는 것과 관련된 모든 지출을 포함했다고 생각해보자. 집밥을 위해 장을 본 비용, 가끔 충동적으로 구매한 간식비, 친구와 만날 때 썼던 외식비가 모두 모여 '식비' 항목의 총액이 만들어진다. 해당 항목의 세부 내용을 꼼꼼히 들여다보지 않으면 식비를 줄일 때 어떤 소비를 얼마나 줄여야 하는지 알기 어렵다.

이때 내가(사람 만나는 것을 좋아해서) '사교비' 항목을 따로 만들어 친구와 먹은 밥값, 술값을 항목에 따로 기재하고,

집밥을 위해 장을 본 비용만을 '식비' 항목에 넣어 관리했다면, 달 말일에 가계부를 정리할 때 다음 달에 장을 보는 비용을 줄여야 하는지, 모임을 덜 나가야 하는지 한눈에 알 수 있다. 그러니 내가 다음 달에 소비를 얼마나 어떻게 조정해야 하는지 알려면 내 라이프스타일에 맞게 항목을 구체적으로 설정해야 한다.

나는 가계부를 쓰기 시작한 초반에 아래와 같이 항목을 분류해서 가계부를 작성했다.

순번	구분	항목	설명
1	조절할 수 있는 항목	데이트 비용 (추가)	데이트 통장에 입금하는 정기비용 외에 추가로 데이트를 위해 사용한 비용. 데이트를 위해 구입한 옷이나 기념일 선물 등이 포함된다.
2		식비(선택)	필수적인 식비를 제외한 간식에 지출한 비용
3		만남비용	사적인 만남을 위해 사용한 비용
4		꾸밈비용	헤어샵, 액세서리 등 꾸밈을 위해 지출한 비용
5		취미	취미생활에 지출한 비용

순번	구분	항목	설명
6	조절할 수 없는 항목	집	청소용품이나 침구류 구입 등에 지출한 비용
7		기타	단발성으로 드물게 지출되는 비용. 도서연체료, 병원비 등이 포함된다.
8		데이트 비용 (정기)	데이트 통장에 매달 1일 입금하는 비용
9		식비(필수)	집에서 하는 요리를 위해 구입하는 식재료 비용 및 불가피한 외식 비용
10		고정지출	인터넷 비용, 구독제 서비스 결제, 전기세, 수도세와 같이 매달 정기적으로 결제하는 비용
11		교통비	교통카드, 시외버스 등 이동을 목적으로 사용하는 비용
12		선물비용	친구, 부모님, 동료 등 생일이나 기념일에 지출하는 비용
13		소속단체	독서모임, 사이드프로젝트 등 소속된 단체 활동을 위해 지출하는 비용
14		학업	개인적인 공부를 위해 지출하는 비용

● 위 항목 중 조절할 수 있는 항목은
〈데이트 비용(추가), 식비(선택), 만남비용, 꾸밈비용, 취미, 집, 기타〉,

조절할 수 없는 항목은
〈데이트 비용(정기), 식비(필수), 고정지출, 교통비, 선물비용,
소속 단체, 학업〉으로 나뉜다.

조절할 수 있는 항목은 지출을 통제할 때 0원까지 줄여도 되는 항목들이고, 조절할 수 없는 항목은 조금 늘어나거나 줄어들 수는 있지만 과감하게 지출을 통제할 수는 없는 항목들이다.

예를 들어 데이트 비용(정기)은 남자친구 자라와 함께 매달 1일에 20만원 데이트 통장에 입금하기로 한 비용이다. 사정이 어려울 때 합의하여 비용을 줄일 수는 있지만, 대체로 조절할 수 없는 비용이다. 반면 데이트 비용(추가)은 말 그대로 내가 밥을 사거나, 선물을 사는 것처럼 비정기적이고, 내가 관리할 수 있는 지출이다. 따라서 그달의 총 지출액을 보고 지출이 많은 경우 유동적으로 조절하여 사용할 수 있다.

140쪽 그래프는 사적인 만남에 들어간 비용을 월별로 얼마나 지출했는지 나타낸 것이다. 2023년의 2월과 5월에는 예기치 않은 큰 지출이 생겨 사적인 만남을 한 번도 잡지 않았다. 덕분에 2월과 5월에는 큰 지출이 있었음에도 불구하고 2022년 8월부터 2023년 6월까지의 평균 지출액보다 적게 지출할 수 있었다. 이런 식으로 '조절할 수 있는 항목'의 지출을 유동적으로 통제하면 지출액이 갑자기 확 늘어나는 경우를 방지할 수 있다.

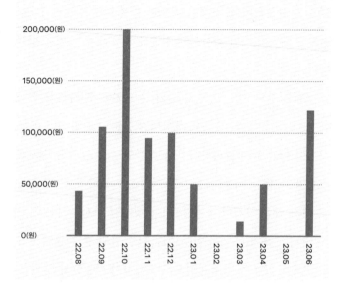

● 사적인 만남에 들어간 비용

　　다만 각 항목의 조절 가능 여부를 선택하는 일은 개인의 가치관이 개입하는 부분이다. 예를 들어 누군가에게 '선물비용'은 마음껏 조절할 수 있는 항목일 수 있다. 하지만 나는 친구의 공연에 꽃다발을 사들고 가거나, 대학로에서 네잎클로버를 파는 아저씨를 우연히 만났을 때 몇 개를 사서 친구들에게 나눠주는 등, 자잘한 선물을 참지 못하는 사람이다. 그 때문에 나는 '선물비용' 항목을 조절할 수 없는 항목으로 분류했다. 물론 매월 소비 현황을 확인하면서 친구의 공연에 가져갈 꽃다발이 가끔은 꽃 한 송이가 될 때가 있기도 하지만 말이다. 개인적으로 쓰는 비용을 조금 줄이더라도 소소하게 주변인을 챙기는 기쁨을 놓치기 싫다는 나만의 작고 귀여운 가치관이 가계부에 끼어든 지점이 바로 '선물비용'이다.

그러니 조절할 수 있는 항목과 없는 항목은 본인에게 중요한 것이 무엇인지 생각해서 정하면 된다. 나처럼 꾸미는 것에 큰 흥미가 없다면 꾸밈비용을 조절할 수 있는 항목으로 보내면 되고, 관심 분야에 대해 꾸준히 배우고자 하는 사람이라면 '학업' 부문을 조절할 수 없는 항목으로 추가하면 된다.

항목 자체는 자신의 일상에 맞게 정하면 된다. 데이트 정기/추가 비용은 연애를 하고 있지 않는 사람에게 필요 없을 것이다. 반면 차가 있는 사람에게는 차와 관련된 유지비 항목이 추가되어야 할 테고, 반려동물을 키우는 경우 이에 맞는 항목이 추가되어야 할 것이다. 항목을 만들 때는 당장 만들기보다, 첫 달의 소비를 빈 시트에 적어보고 달의 마지막 날에 비슷한 종류의 소비를 묶어 항목으로 만드는 것을 권한다. 달에 3건 넘게 지출되는 종류의 건들을 묶어 하나의 항목으로 표현하자.

항목을 빼고 더하는 것 역시 언제든 가능하다. 가계부를 쓴 지 꽤 시간이 지난 지금, 나는 가계부의 항목을 11개로 축소했다. 앞서 이야기했던 식비(선택)와 데이트 비용(추가) 항목을 1년 넘게 작성하고 관찰하면서, 매달 어느 정도 균일하게 지출하는 습관을 들였기 때문이다. 아래 그래프는 약 1년 간의 간식비를 나타낸 그래프이다. 달에 3만원 아래로 간식을 해결하겠다는 목표를 가지고 있었는데, 2022년 하반기부터 그에 맞게 쭉 잘 지출했다. 그래서 2023년부터는 더 이상 식비(선택) 카테고리를 별도로 작성하지 않아도 되겠다는 생각이 들어 해당 항목을 삭제했다. 데이트 비용 역시 만남의 기간이 길어지면서 데이트만을 위한 옷, 화장품, 선물 등을 사는 횟수와 금액이 줄어 자연스럽게 삭제하게 되었다.

또 '소속 단체' 항목도 없앴다. 인턴 생활을 시작하면서 단체 활동이 어려워져, 관련 비용을 지출하는 경우가 거의 없었기 때문이다. 이처럼 라이프스타일의 변화에 따라 가계부의 항목은 줄어들 수도, 변경될 수도 있다.

수입의 경우 구글 스프레드시트의 맨 앞 열에 적는다. 나의 경우 수입이 들어오는 경로가 다양하지 않고 이를 분류해야 할 필요성을 느끼지 못해 한 줄에 모두 넣는다. 카드 페

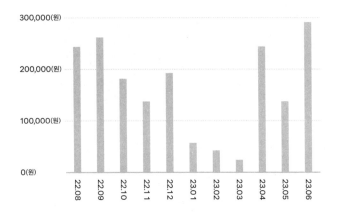

● 약 1년 간의 간식비

300,000(원)

200,000(원)

100,000(원)

0(원)

22.08 22.09 22.10 22.11 22.12 23.01 23.02 23.03 23.04 23.05 23.06

이백, 공모전 상금, 아르바이트 수입 등을 모두 한곳에 넣고 이달의 전체 수입이 얼마인지 확인한다. 아직 공부하는 중이기 때문에 수입이 크게 중요하지는 않지만, 현재 부모님께 용돈을 거의 받지 않기 때문에 아르바이트나 인턴십을 그만둔 시점이나 전달의 지출이 과했을 경우 수입에 대해 고민도 한다. 돈이 부족하면 장학금에 지원하거나 공모전에 응모해 일시적으로 수입 잔고를 채웠다.

　　나처럼 수입 경로가 단조롭고, 다른 돈벌이를 계획하고 있지 않다면 굳이 수입을 지출 항목처럼 여러 개로 쪼개지 않아도 된다. 다만 수입 경로가 복잡한 프리랜서이거나, 부수입을 통해 수익을 더해가는 사람은 항목을 쪼개어 추이를 보는 것도 좋은 방법이다.

마지막으로 '수입' 카테고리 아래에는 '저축 및 투자' 카테고리를 적는다. 주식이나 금 같은 자산에 매달 규칙적으로 투자하는 경우, 저축 및 투자 항목 안에서도 항목을 나누어 표현할 수 있다.

이처럼 지출/수입/저축 및 투자로 큰 카테고리들을 나누고, 각 카테고리에서 표현할 수 있는 항목들을 설정하여 가계부를 쓰면 된다. 그러면 월말에 오른쪽과 같은 시트 하나가 완성된다.

Step 2. 항목별 목표금액 설정하기

항목을 정했다면 항목별 목표금액을 잡는다. 조절할 수 없는 항목은 대체로 금액이 동일하게 유지되거나 비슷하게 나오기 때문에, 나는 조절할 수 있는 항목만 목표금액을 정한다. '정했다'고 표현했지만 목표금액은 가계부를 쓰기 시작한 초기에는 계속 변한다. 목표금액을 너무 낮게 잡았을 수도 있고, 의도치 않은 변수가 생겨 목표금액을 초과하여 지출하는 경우가 생길 수 있기 때문이다. 그러니 첫 3개월 정도는 목표금액에 맞춰 소비한다기보다 내가 어떤 항목에 어느 정도의

구분	총수입 / 지출
총수입 (수입)	2,837,875
데이트 정기 비용	200,000
데이트 추가 비용	138,500
식비(essential)	139,830
식비(optional)	5,100
관리비 등 고정 지출	90,510
교통비	130,340

수입

내역	금액
인세	912,000
카드할인	465
급여	1,925,410

지출

데이트 정기 비용 내역	금액	데이트 추가 비용 내역	금액	식비(essential) 내역	금액	식비(optional) 내역	금액	관리비 등 고정 지출 내역	금액	교통비 내역	금액
정기 비용	200,000	카페	4,500	저녁	8,500	편의점	1,200	구글 스토리지	10,000	교통카드 충전	30,570
		밥 삼	28,000	아몬드브리즈	16,820	편의점	1,900	주택 청약	50,000	시외버스 예매	22,400
		식물 삼	19,900	저녁	3,000	간식	2,000	전기료	11,270	교통카드 충전	30,570
		과자 삼	7,500	장보기	15,630			쿠팡 멤버십	4,990	취소 수수료	2,700
		밥 삼	28,000	저녁	2,800			통신비	10,000	시외버스 예매	22,400
		동아빵	2,000	저녁	3,000			넷플릭스	4,250	택시	9,300
		밥 삼	31,000	유산균	53,900					서울	400
		배달	17,600	저녁	5,900					택시	12,000
				저녁	10,400						
				저녁	10,900						
				마트	8,980						

금액을 쓰는지 관찰하는 시간으로 가져가는 것을 추천한다. 3개월간 지출한 금액을 보고 '헉, 좀 줄여야겠는데?'라는 생각이 든다면, 그 항목의 3개월 평균값 20% 정도를 제한 값을 목표로 설정하면 다음 달에 목표 금액에 맞게 소비하기 쉽다.

예를 들어 과자나 커피 등을 구매한 간식 비용으로만 매달 8만원 정도를 지출하고 있고, 이 비용이 과하다는 생각이 든다면 8만원의 20%인 16,000원을 줄여 64,000원을 다음 달의 목표 금액으로 삼는 것이다. 그리고 그 목표를 달성했을 때는 그다음 달에 51,000원 정도를 목표 금액으로 잡으면 된다. 'Step 1. 항목 설정하기'의 표 〈약 1년간의 간식비〉에서 알 수 있듯 나는 이 방법을 통해 커피값을 포함한 간식 비용을 3만원 아래로 줄였다.

이처럼 조절이 쉬운 항목이 있는 한편, 다소 목표금액을 잡기 어려운 항목도 있다. 대표적으로 미용실, 옷, 화장품 등이 모두 포함된 '꾸밈비용'이 그렇다. 화장품이 4월에 한꺼번에 다 떨어지면 어쩔 도리 없이 사야 하고, 면접 등 중요한 일이 있어 갑작스럽게 옷을 구매하게 되는 경우도 있다. 경조사비나 병원비도 같은 맥락이다.

이런 때를 대비해 '비상금' 항목을 만들어 사용하는 방법도 있다. 하지만 나는 비상금 항목을 별도로 마련하지 않는 걸 권한다. '비상금'은 이름의 의미와 달리 우리의 소비에 경각심을 주지 않기 때문이다. 분명 면접을 대비해 꾸밈비용 항목에 해당하는 지출 건으로 10만원이 나갔는데, 이걸 비상금 항목에 적어두면 '어쩔 수 없는 소비였다!'라는 생각이 든다. 그러면 그 달에 꾸밈비용 항목으로 지출할 때 심리적인 부담감이 희미해진다.

그래서 나는 그 지출이 급했든 계획적이었든 비상금의 그늘을 치우고 솔직하게 가계부 항목에 반영한다. 그러면 특정 항목의 지출이 저절로 커지는 것이 보이고, 이 적당한 긴장감은 다음 달 소비에 영향을 준다. 그러니 항목별 목표금액에 꼭 맞춰서 지출해야 한다는 강박관념은 버리되, 내가 쓴 비용을 솔직하게 가계부에 반영할 수 있는 용기를 갖자. 물론 큰돈이 나가면 당장 그날의 전체 지출액이 올라가서 달 말일에 가계부를 정산할 때 기분이 좀 찜찜하겠지만, 그 찜찜함은 다음 달의 소비를 조절하는 데 도움이 된다.

큰돈이 나갈 일이 있으면 일시적으로 소비를 줄일 수 있는 구석을 찾아보면 되고, 정 없다면 다음 달부터 점진적으로 조절할 수 있는 항목의 목표 금액을 낮춰 소비하면 된다. 그러면 연말에 항목별 평균을 내봤을 때 나쁘지 않은 평균값이 나올 것이다.

Step 3. 1인가구는 잔고관리도 1개로!

가장 중요한 단계이다. 가계부를 꾸준히 쓸 수 있는 팁 중 하나는 '통장 쪼개기'를 하지 않는 것이다. 절약이라는 키워드로 검색해보면 항상 나오는 것이 '통장 쪼개기'이다. 항목별로 통장을 쪼개서 '식비'는 A 카드로 지출하고 '공과금'은 B 통장으로 지출하는 식이다. 적게는 2~3개, 많게는 5개가 넘게 통장을 쪼개기도 한다.

통장 쪼개기는 자녀가 있는 가정집의 경우에는 확실히 도움이 된다. 지출 금액 자체가 클 뿐 아니라 1인가구보다 훨씬 자주, 다양한 항목으로 지출이 발생하기 때문에 통장을 쪼개두지 않으면 목표금액을 넘었다는 사실을 빠르게 자각하지 못할 수 있기 때문이다. 그럴 때 제한된 돈을 카드에 넣어두면 돈을 다 썼을 때 결제가 되지 않아 예산 내의 돈을 다 썼다는 사실을 빠르게 알 수 있다.

하지만 1인가구는 다르다. 다인가구에 비해 지출 금액이 비교적 적고 지출 항목이 간단하기 때문에 매일의 소비를 체크하고 회고하는 데 큰 무리가 없다. 저축을 위한 통장을 별도로 만들 수는 있지만, 그 외에도 지출 항목에 맞춰 통장을 쪼개두면 가계부 쓰기가 더 귀찮아질 수 있다. 지출 카드를 하나로 만들면 모든 소비 기록이 하나의 내역에 다 찍히기 때문에 시트에 옮겨 쓰는 작업이 조금 밀려도 빠르고 간편하게 할 수 있지만, 통장 쪼개기 후 지출 내역을 확인할 때는 여러 은행 앱을 열어 확인해야 해서 작성 과정이 더 번거로워진다.

물론 통장을 쪼개는 일도 여러 은행의 카드, 예금 혜택을 고려해 똑똑하게 사용하면 이득이 될 수도 있다. 하지만 최근에는 1인가구의 라이프스타일에 꼭 맞는 상품이 많이 나오고 있어 하나만 선택해도 꽤 괜찮은 혜택을 받을 수 있다. 1인가구가 자주 가는 편의점, 다이소 등에서 결제하면 결제금액의 몇 퍼센트를 페이백 해주는 상품, 달에 일정 금액 이상으로 사용하면 적금 상품에 가입할 때 이율을 우대해주는 상품 등 종류가 다양하다. 하지만 대체로 은행 상품에서 주는 혜택을 통해 얻는 금액보다는 외식 한 번 안할 때 절약할 수 있는 금액이 더 크다. 그러니 은행 상품의 혜택에 너무 집중하지 말자.

무엇보다 통장 쪼개기는 가계부를 쓰지 않을 명분을 제공하기도 한다. 보통 항목별로 통장을 쪼개고 항목별 예산을 입금해서 사용하기 때문에 각 항목 별로 돈을 초과해서 쓸 때는 결제가 되지 않는다. 이 점은 소비를 통제하기에 유리한 점이기도 하지만, '어차피 예산을 초과하면 결제 안 되니까 괜찮아!'라는 가계부 쓰기의 면죄부를 제공하기도 한다.

항목 별로 칼같이 돈을 쓰고 아끼는 것이 목표라면 그렇게 해도 괜찮다. 하지만 그게 아니라 정해진 예산을 나의 행복에 최적화하여 분배, 사용하는 것이 목표라면 통장 쪼개기는 적절하지 않다. 매달의 소비 내역을 매일 확인하며 내가 좋은 선택을 하고 있는지 점검할 수 없기 때문이다. 가계부를 쓰는 일은 사소해 보여도 거의 매일, 길어도 주에 한 번은 해야 하는 작업이기 때문에 과정을 최대한 단순화하는 것이 좋다.

Step 4. 엄격한 잣대는 금지

한 달간 가계부를 잘 썼다면 이제는 쓴 내역을 분석해야 할 차례이다. 제대로 된 회고는 다음 달에 적정한 목표 금액을 세울 수 있게 해주고, 어느 지출을 교정해야 할지 알려준다.

완성된 시트로 한 장의 사본을 만들자. 그리고 지출하지 않아도 됐을 항목들을 회색으로 칠해보자. 그 항목의 금액을 모두 더 한 후 지출에서 빼 보면 이상적인 지출 금액이 나온다. 이때 주의할 것은 나에게 너무 엄격한 잣대를 들이대지 않는 것! 지나치게 엄격한 잣대로 너무 많은 지출을 '쓸데없는 지출'로 분류해버리면 다음 달에 예상했던 것보다 지출을 줄이기 어려워지고, 그러면 가계부 쓰기의 동력이 떨어진다. 앞서 간식비 이야기에서 언급했듯 기존 지출을 기준으로 약 20% 정도씩 줄여나간다고 생각하고 '당장 다음 달에 쓰지 않아도 내 일상에 큰 변화가 없는 지출을 찾는다'는 감각으로 줄일 수 있는 부분들을 찾아보자.

예를 들어 '식비(선택)' 항목이 달에 10만원이 나와서 내역을 살펴봤더니 커피를 15번, 배달을 1번, 편의점을 3번 들렀다고 가정하고 함께 생각해보자.

'이번 달에 야근이 꽤 많았네. 어느 날은 유독 밥 차려 먹을 힘이 없긴 했지. 그때 배달 한 번 시킨 건 뭐, 그럴 수 있지! 또 편의점에서 뭘 충동적으로 사긴 했지만, 그땐 밖에 있다 보니 당이 확 떨어져서 그랬으니까... 그때 산 에너지 음료와 초콜릿 정도는 괜찮은 것 같아. (합리적인 소비 구분) 그렇지만 달에 커피 15번은 좀 심하지 않나? (비합리적인 소비 발견) 이번 달에 내가 왜 이렇게 커피를 많이 마셨지? 아, 카페에서 작업을 많이 했지. 사실 집에 있는 시간이 답답했어. (비합리적인 소비가 발생한 이유 탐색) 다음 달에도 식사 약속이 적어서 집에 있는 시간이 많을 것 같은데, 주말에는 도서관에 가서 시간을 보내볼까? (비합리적인 소비 통제를 위한 대안 마련) 동시에 커피값을 좀 줄이면 되겠다. 너무 많이는 말고, 2만원 정도

줄여 보자. (다음 달 목표 설정)'

합리적인 소비 구분 → 비합리적인 소비 발견 → 비합리적인 소비가 발생한 이유 탐색 → 비합리적인 소비 통제를 위한 대안 마련 → 다음 달 목표 설정

이 생각에는 어떤 내용이 담겨 있을까? 우선 어떤 소비가 합리적인 소비이고, 어떤 게 아닌 소비인지 구분해봤다. 또 거기에서 비합리적인 소비가 발생한 이유를 찾았고, 이러한 소비를 통제하기 위한 대안을 마련했다. 이후 기존 지출 금액에서 20% 줄여 목표 금액을 설정했다.

100명의 사람이 가계부를 쓴다면, 가계부의 종류는 정말 100가지가 될 것이다. 100인이 만든 100개의 가계부는 쓰면서도 계속 바뀔 수 있다. 1인가구의 라이프스타일은 다인가구의 것보다 더 쉽게, 자주 바뀌기 때문이다. 꾸준한 일과를 보장하던 직종에 있다가 프리랜서로 전향할 수도 있고, 느닷없이 반려견을 키우게 될 수도 있다. 그러니 매달 Step 1부터 Step 4를 반복하며 나만의 라이프 스타일을 관찰하고, 내 생활 속 변화를 반영하자.

가계부는 '최소지출 최대행복'을 만들어줄 수 있다. 매달

'내가 돈으로 어떤 경험과 재화를 얻었고, 그것이 나를 얼마나 행복하게 만들었는지'를 고민하는 과정의 반복이기 때문에, 꼼꼼히 작성하고 성실히 회고하면 분명 삶에 유용한 도구가 되어줄 것이다.

　　마냥 아끼기 위한 가계부가 아니라 내 인생을 더 빛나게 만드는 가계부, 배달음식 대신에 싱그러운 화분을 사게 만드는 가계부. 그런 가계부는 묵묵히 몇 달간 쓰고 차근차근 회고하는 사람의 손끝에서 만들어진다.

연애의 탈을 쓴
돈귀신

커피 한 잔에 7,000원인 감성 카페, 평소라면 절대 입지 않을 하늘하늘한 원피스, 손바닥보다 작은 음식이지만 국밥 네 그릇 가격인 식당.

연애를 시작하면 이 모든 것을 아무렇지 않게 소비하게 된다. 선물은 아무리 사다 줘도 더 안겨주고 싶고, 1분이라도 더 함께 있고 싶어서 택시를 잡는다. 나는 남자친구인 자라와 서울에서 첫 연애를 시작했을 때 귀신에 홀린 것처럼 돈을 펑 펑 썼다.

다행히 그 돈이 의미가 있었는지 몇 년째 우리는 안정적 인 연애를 하고 있고 나는 여전히 자라가 너무나 좋지만, 그 와 별개로 우리를 쫓아다니는 이 돈귀신에는 나름의 엑소시

즘이 필요했다. 소비를 야금야금 잘 줄여나가고 있을 때쯤 '연애'라는 이름으로 정체를 숨긴 돈귀신이 찾아와 데이트 비용으로만 달에 70만원을 빼앗아 간 적도 있었다. 연애에 정신이 팔리니 당시에는 그 돈이 새어 나갔다는 사실도 몰랐고, 그 돈이 아깝게 느껴지지도 않았다. '내가 자라를 정말 사랑하긴 하는가 보다.' 싶었지만, 동시에 정신이 번쩍 들었다.

'혹시 자라도 이만큼 쓰고 있는 걸까? 이게 부담스럽지는 않을까? 데이트 비용 때문에 팽 도망가 버리면 어쩌지?'

단순히 내 돈이 아까워서 그런 게 아니었다. 오히려 나와 비슷하게, 혹은 더 많이 부담하고 있을 자라가 나처럼 데이트비용을 고민하고 있을까 싶어 정신이 든 거였다. 곰곰이 생각해보니 자라가 실제로 나보다 더 많이 쓰는 것 같기도 했다. 꽤 비싼 식당에 가서 결제한 후에 비용을 보내 달라고 한 적도 없었고, 매번 꽃이니 뭐니 하는 작은 선물들을 바리바리 사들고 왔다. 게다가 밤 길이 위험하다며 자라는 내가 있는 장소로 매번 와주기도 했다.

더치페이를 하는 건 자라가 불편해하고, '적당히 눈치껏' 비용을 아끼려 했다간 서로 감정 상할 일이 생길 것 같았다. 아무리 생각해봐도 매달 각자 돈을 한 통장에 넣고, 그 통장과 연계된 체크카드로 데이트 비용을 모두 결제하는 데이트

통장을 만드는 게 최선인 것 같았다. 그런데 데이트통장을 만들자는 말도 하기가 조심스러웠다. '네가 데이트 비용을 전부 부담할 수 없을 것 같으니 데이트통장을 만들자.'는 의미, 혹은 '나는 너보다 단 한 푼도 더 쓰기 싫으니 데이트통장을 만들자'는 의미로 받아들여지면 어떡하나 걱정됐다. 게다가 포털에 데이트통장에 대해 사람들이 어떻게 생각하는지 검색해보니 정이 없어 보인다는 이유로 반대하는 의견이 많았다. 동아리 하는 것도 아니고 무슨 데이트 통장이냐, 애인한테 돈 쓰는 게 아까우면 연애하면 안 된다 등.

만난 지 얼마 안 된 사이에 데이트통장 이야기를 꺼냈다가 나를 이상하게 볼까 싶어 걱정됐지만, 그래도 한번은 부딪혀 봐야지 싶었다. 자라를 만나는 날, 조심스럽게 데이트통장에 대해 어떻게 생각하냐고 물어보고 한번 만들어서 사용해보자고 제안해보았다.

"너무 좋은데? 사실 나 데이트 비용이 너무 많이 들면 어쩌나 걱정하고 있었거든. 우리가 아직 경제적으로 넉넉하지는 않으니까."

자라는 의외로 더 격하게 찬성해주었다. 자라와 매달 낼 수 있는 돈이 얼마인지 이야기를 나눈 끝에 우린 매달 1일에 각자 20만원을 데이트통장에 입금하기로 했다. 그렇게 우리는 만난 지 한 달 만에 데이트통장을 사용하게 되었는데, 오래 사용해보니 생각 이상으로 만족스러웠다.

1. 데이트통장은 예측 가능성을 준다.

데이트통장은 이번 한 달 동안 사용할 수 있는 데이트 비용이 얼마인지 알게 해준다. 그래서 월말에 함께 여행을 다녀오기로 약속했다면, 만나는 주기를 조금 더 늘릴 수도 있고 카페에 갔을 때는 기프티콘을 쓰면서 데이트 비용을 절약할 수 있다. 데이트에 쓸 수 있는 총액이 정해지자 계획을 세우는 것이 가능해졌고, 덕분에 더 다양한 데이트를 할 수 있었다.

또 입금하는 비용이 정해져 있어 개인 가계부를 쓰는 데도 도움이 된다. 데이트 정기비용으로 얼마가 나가고, 선물 등 데이트 추가 비용으로 어느 정도가 나갈지 예측할 수 있다면 그에 맞춰 다른 항목의 지출을 조정할 수 있다.

2. 돈 때문에 생기는 갈등이 없다.

'저번 만남 때 자라가 밥을 사고 내가 커피를 샀으니까, 이번에는 내가 밥을 사야겠다. 아, 그런데 내 잔액이 충분한가? 뭘 먹어야 적당하지?'

데이트할 때마다 이런 생각을 해야 한다고 하면 벌써부

터 머리가 아프다. 서로 '눈치껏' 너무 비싸지 않은 식당에 가자고 해줘야 하고, '눈치껏' 각자 계산해야 한다. 게다가 아직 연인 사이에 드는 비용은 남자가 더 부담해야 한다는 묘한 사회적 분위기가 없는 것도 아니라, 이런 상황에서 나보다 더 곤란할 사람은 남자인 자라일 것이다. 더치페이를 한다 해도 데이트가 끝나면 누군가가 금액을 정산해서 얼마를 입금해 달라는 요청까지 하는 수고가 필요하다. 이건 또 누가 할까? 더치페이를 한다면 어느 단위로 정산해야 할까? 만원 단위로 끊어야 할까, 천원 단위로 끊어야 할까? 이 모든 눈치 싸움을 한 번에 정리하고 종결할 수 있는 게 데이트통장이다.

그리고 만약 이번 달에 경제 사정이 빠듯한데 연애까지 해야 한다면 이 사랑 자체가 얼마나 부담스럽게 느껴질까? 둘 중 누군가가 먼저 일어나 계산하는 커플이라면 상대가 계산할 때마다 눈치가 보일 거고, 그때는 내가 상대보다 돈을 훨씬 덜 썼다는 마음 때문에 한 달 내내 마음이 무거울 것이다.

하지만 데이트통장을 쓰면 매달 1일, 딱 한 번만 불편하면 된다.

"나 이번 달이 조금 빠듯해서, 혹시 조금만 적게 넣어도 될까?"

가끔은 서로 이런 말을 할 때가 있지만, 한 번만 양해를 구하면 그 뒤로 데이트할 때 돈 이야기를 할 필요가 없으니, 서로가 덜 불편하다. 게다가 상대에게 쓰는 돈을 아까워한다는 불필요한 오해를 받지 않아도 된다.

"나 이번 달에 데이트로 돈을 너무 써서 그러는데 카페 대신 산책 어때?"

"우리 통장에 잔고가 얼마 안 남았으니까, 오늘은 카페 대신 산책 어때?"

전자보다 후자를 말하기가 훨씬 쉽다. 전자는 '나'의 데이트 비용이 너무 많이 나갔다는 말이니 나의 애정 문제로 전이될 수 있는데, 후자는 '우리'의 데이트 통장에 잔고가 얼마 안 남았다는 말이니 우리의 돈을 아끼자는 말이 된다. 돈이라는 개인의 문제를 우리의 문제로 바꾸면 마음이 불편할 수 있는 조금의 여지도 해소할 수 있다.

데이트 통장에 대한 여러 견해는 식당에서 무슨 메뉴를 먹을지 정하는 것처럼 의견이 다른 게 당연한, 개개인의 취향 차이라고 생각한다. 바빠서 데이트를 자주 하지 못한다면 미안한 마음에 선물을 더 자주 해줄 수도 있고, 한쪽의 소득 수준이 더 높은 경우 상대를 배려해 더 부담할 수도 있다. 어떠한 경우든 돈을 쓰는 방식이 상대를 사랑한다는 표현의 일종이라면 어떠한 형태로 데이트 비용을 분담해도 상관없다.

데이트 통장은 내게 사랑의 표현이었다. 데이트 비용이 상대에게 부담이 되지 않았으면 하는 마음, 그래서 상대를 더 오래 보고 싶다는 마음의 표현이었다. 상대의 지갑 사정을 상대의 문제로 남겨두는 것이 아니라 우리의 문제로 같이 고민하자는 표현이었다. 그러니 같은 마음을 갖고 있다면 차분하고 다정하게 말을 꺼내 보자. 상대가 좋은 사람이라면 분명이 생각에 공감해줄 것이다.

돈 귀신에게 쓴 두 번째 부적은 개인 가계부에서 데이트 비용을 데이트 비용(정기), 데이트 비용(추가)으로 나눈 것이다. 앞서 가계부 항목을 정할 때 언급한 것처럼, 나의 데이트 비용(정기)은 매달 데이트통장에 들어가는 20만원으로 고정되어 있다. 반면 데이트 비용(추가)은 데이트를 위한 꾸밈 비용, 선물 비용, 기념일 때 내가 산 식사 등이 포함된다. 나는 오랜 기간 데이트 비용을 정기비용과 추가비용으로 나눠서 기재하다가, 어느덧 그 비용을 10만원 내로 쓰는 게 습관이 된 때부터는 별도로 분리해서 쓰지 않게 됐다. 하지만 그

작업은 연애 초반에 정신없이 나가는 돈의 멱살을 잡는 데 큰 도움을 받았다.

1. 데이트를 위한 꾸밈비용

연애 초기에는 미용실도 자주 가게 되고 옷도 많이 사게 된다. 서로에 대해 아는 게 많지 않고, 눈에 보이는 건 외모뿐이라 사랑이 단단해지지 않은 시점에서는 보이는 것이라도 더 어필하고 싶기 때문이다. 좋은 사람을 만났다면 있는 그대로의 모습을 더 사랑해줄 것이기에 나중에는 데이트만을 위한 꾸밈비용 지출이 많지 않겠지만, 초반에는 데이트를 위한 꾸밈비용이 꽤 나간다. 그러니 연애 초기에는 데이트를 위해 구입한 옷, 액세서리, 미용비용까지 데이트 추가비용 항목에 넣어서 관리하는 것을 권한다. 그렇게 하지 않으면 상대에게 잘 보이고 싶은 마음에 '꾸밈비용'이라는 핑계로 몇십만원을 펑펑 써버린 걸 알아채지 못할 수도 있다.

2. 선물비용

오늘따라 상대가 너무 예뻐 보일 때, 고마운 일이 있을 때 등 식사를 한 번씩 살 순 있지만, 우리에겐 가끔 데이트 비용이 남아있는데도 자꾸 개인 돈을 쓰거나 상대에게 선물을

161

2장 어쩔지만 돈 받은 배수가 아니라서

과하게 하는 일이 생길 수 있다. 그때는 이미 심장과 머리가 고장 나서 통제할 수 없으니, 가계부에 이 목록을 잘 정리하여 조금이라도 정신을 차리자. 가계부의 그 항목을 살피다 보면, 반대로 종종 몇 달간 선물비용을 쓰지 않는 경우도 생기는데, 이럴 때는 역으로 다음 기념일에 더 좋은 선물을 준비하는 등 상대를 더 섬세하게 챙길 수도 있다.

자라와 어느덧 몇 번의 계절을 함께 보냈다. 자라는 연애 초반에 내가 데이트통장 이야기를 먼저 꺼내준 게 정말 고마웠다고 말한다. 연애를 시작하면서도 데이트 비용이 고민이었는데 데이트통장을 쓰기 시작하면서 마음이 한결 가벼워졌다며, 월급날이 되면 데이트통장에 돈을 조금씩 더 입금하면서 귀엽게 생색을 내는 남자친구가 되어주었다.

데이트 비용을 관리하는 것은 여간 번거로운 일이 아니다. 낭만적이기만 해야 할 것 같은 연애에 가끔 찬물을 끼얹기도 하고, 각자의 통장 잔고가 빠듯하게 느껴지는 날에는 눈치가 보이고, 비용이 부담스러우면 다채로운 활동을 못 해 아쉽기도 하다. 하지만 잠깐 불타오르듯 만나고 헤어지는 게 아니라 잔잔히 오래 사랑을 지속하고 싶다면, 말 그대로 잔잔히 오래 사랑을 지속할 수 있는 지출을 해야 한다.

그리고 사실 둘만 좋다면 어떤 데이트를 하는지는 중요하지 않다. 지출을 아끼려 자취방에서 요리를 해 먹어도 서로만 있다면 추억이고, 데이트통장에 입금한 돈을 이번 달에는 어떻게 쓸지 함께 궁리해보는 것도 데이트 소재가 고갈된 장기연애 커플에게는 좋은 소재가 된다. 무료 공연이나 강연, 전시를 찾아서 다닐 수도 있고, 1,500원짜리 커피를 테이크아웃해서 날이 좋은 날 산책하는 것도, 지나고 나서 떠올려보면 너무나 행복한 추억이었다.

그러니 데이트통장을 사용하는 것을 너무 어려워하지 말자. 데이트 통장을 사용하는 것, 데이트 항목을 꼼꼼하게 관리하는 것. 이 두 가지는 돈귀신을 쫓아주는 훌륭한 구마작전일뿐 아니라, 따뜻하게 오래가는 연애의 장작이 되어 주었다.

우리의
마지막 행성에서

본가에 있을 때는 엄마가 꾸려준 쓰레기봉투를 갖다 놓기만 하면 됐었다. 게다가 쓰레기가 많아도 그중에 내가 만들어 낸 쓰레기가 얼마나 되는지 알 수 없어 그저 '쓰레기가 있나 보다' 정도로만 생각했다. 하지만 자취인이 된 요즘, 쓰레기를 내다 버릴 때마다 죄책감을 느끼고 있다.

가계부, 돈, 절약 이야기만 열심히 하던 챕터에서 왜 갑자기 쓰레기 이야기를 시작하는가 싶을지도 모른다. 하지만 나는 나의 소비생활과 지구의 환경이 무관하다고 생각하지 않는다. 충동적인 마음을 참고 배달을 시켜먹지 않으면 배달비도 아끼면서 양념이 덕지덕지 묻은 배달용기를 버리지 않아도 되고, 찾아가기 번거롭고 불편한 곳이어도 열심히 버스와 지하철을 환승해서 가다보면 교통비도 아끼는 동시에 배기가스를 덜 배출했다는 기분이 드는 것처럼 말이다. 의식적으로 내 소비를 돌아보고 관리하는 일은 내가 만드는 쓰레기, 내가 사는 물건도 저절로 돌아보게 만든다.

우선 그 의식은 내가 만드는 쓰레기에서 시작한다. 혼자 살며 쓰레기봉투를 채우고, 분리수거할 거리를 집구석에 젠가 블록마냥 쌓아두다 보면 고작 나 한 사람이 만드는 쓰레기가 어마어마하다는 사실을 자각하게 된다. 그다음부터는 점점 뉴스 기사에 나오는 쓰레기 산, 플라스틱 빨대를 먹고 죽은 물고기의 모습 같은 것이 눈에 들어오기 시작했다. 아무생각 없이 들고 다녔던 일회용 테이크아웃 컵, 계절이 바뀌며 옷을 정리할 때마다 버려지는 몇몇 옷가지들이 이제 마음에 턱턱 걸린다.

혼자 사는 일은 이 세상에서 '나'라는 존재가 어떤 존재인지 명료하게 드러내준다. 일주일에 한 번 10L 쓰레기봉투를 두 개 꽉꽉 채우는 사람. 분리수거할 것들을 한가득 안고 끙끙대며 나가는 사람. 그것들을 다 내다 버리고 나서는 깨끗해진 집에 만족하며 좀 전의 그것들은 내 것이 아니라는 듯 후련해하는 사람. 다음 날 아무렇지 않게 일회용 테이크아웃 잔을 사용하는 사람. 이미 옷장에는 자리가 없는데 예뻐 보이기만 할 뿐인 옷을 들고 살까 말까, 답이 정해진 고민을 하는 사람. 자취를 시작하고 난 직후의 나는 세상에 그런 존재였다.

환경을 의식한 나의 첫 번째 행동은 흰 우유를 아몬드 우유로 대체한 것이었다. 때마침 읽게 된 조너선 사프란 포어의 〈우리가 날씨다: 아침 식사로 지구 구하기〉에서는 축산업이 환경 위기에 미치는 영향이 전체 환경 위기의 요인 중 51%라고 주장하고 있었다. 좀 더 찾아보니 조사를 진행한 기관이나 단체에 따라 축산업이 환경에 영향을 얼마나, 어떻게 미치는지에 대한 의견은 조금씩 달랐지만 축산업이 환경 위기에 지대한 영향을 미치고 있다는 사실은 분명했다.

하지만 하루아침에 동물성 식품을 끊을 수는 없었다. 학생회에 들어가면서 한창 식사 약속도 잦았던 때였고, 그렇지 않다고 해도 아예 동물성 식품을 몰아내고 살 자신이 없었던 것이다. 그래서 우선은 내 삶에서 우유만 먼저 지워보기로 했다. 찾아보니 우유 대신 아몬드 우유를 먹는 사람들이 많았다. 아몬드 우유는 말 그대로 아몬드를 짜거나 갈아서 만든 음료인데, 우유처럼 고소하고 부드러운 맛이 나는 모양이었다. 밍밍하고 비리다는 이야기가 많길래 맛을 의심하며 작은 아몬드 우유 팩을 하나 사서 마셔 봤는데, 신세계였다. 상큼하게 올라오는 아몬드 향이 너무 좋아 내 취향에 꼭 맞았다.

그 뒤로 나는 우유나 요거트 같은 것을 주기적으로 사는 대신 달에 한 번 950ml 용량의 아몬드 우유 10팩을 사서 냉장고에 넣어두고 먹었다.

아몬드 우유에 적응했을 때쯤, 또 지구를 위한 한 발을 내디뎠다. 당시에 인턴으로 일했던 곳에서 주로 하던 업무가 교육 행사를 보조하는 일이었는데, 참여자들의 점심 식사를 배달로 준비하다 보니 쓰레기가 어마어마하게 나왔다. 그 쓰레기 중 일부는 깨끗하게 씻어서 버리면 재활용이 가능했지만 그때는 일하느라 바빠 흐린 눈으로 무시했었다. 그러던 어느 날, 처음 본 행사 관계자가 건물 화장실에서 플라스틱 용기들을 열심히 세척하시는 걸 봤다. 치킨을 시켰던 날이었는데, 다양한 소스를 작은 플라스틱 용기에 챙겨주는 가게에서 주문했었다. 그분은 30개가 넘는 작은 통들을 손가락으로 하나하나 세척하고 계셨다. 도시락을 시켰던 다음 주에 그분은 또 20개가 넘는 큰 플라스틱 통들을 일일이 씻어냈다.

처음에는 '바빠 죽겠는데 굳이?' 하는 마음이었지만, 집에 돌아와서 생각해 보니 그분의 행동이 맞았다. 아무리 행사가 바쁘고 일거리가 더 늘어나더라도 쓰레기는 그렇게 씻어서 내보내는 게 맞았다. 그다음 행사부터는 나도 그 관계자

분과 함께 플라스틱 용기를 씻었다. 최대한 쓰레기가 안 나오는, 종이로 포장된 타코 같은 것을 주문하려 했지만 상황이 여의치 않아 배달용기에 음식이 담겨올 때는 이후에 이 재활용 쓰레기들이 이후에도 제대로 쓰임을 할 수 있도록 박박 씻어서 배출했다. 한 번은 맨손으로 플라스틱을 꼼꼼히 씻다가 꽤 크게 베이고 말았다. 그다음부터는 촌스러운 빨간 고무장갑을 비밀스럽게(?) 파우치에 챙겨 다니면서 설거지했다.

며칠 뒤에는 집에서 베이킹소다를 챙겨 와 사무실 서랍에 넣어두었다. 그런 다음 음료 찌꺼기가 있는 테이크아웃 잔부터 떡볶이 양념이 묻은 배달용기를 세척할 때마다 꺼내 썼다. 종이팩 형태로 된 우유나 주스는 모두 배를 갈라 깨끗이 씻은 후 말려서 배출했고, 플라스틱 통에 붙어 있는 작은 스티커들은 모두 물에 불려 떼어냈다. 집에서든, 회사에서든 내가 할 수 있는 만큼 박박 문지르고 떼어내고 씻어내서 배출하고 있다.

사실 이건 집에서도 나름의 수고가 드는 일인데, 회사에서는 더더욱 쉽지 않았다. 많은 사람들이 먹고 마신 것을 뒷정리하느라 씻고 정리해야 할 것들이 몇십 배는 더 많이 나오기 때문이다. 남이 입을 댄 플라스틱 용기와 컵을 옆에 잔뜩 쌓아두고 설거지를 하다 보면 이걸 한다고 돈을 더 받는 것도 아닌데 왜 이러고 있나 싶고, 가끔 플라스틱 용기에 손이라도 베이면 서럽기까지 했다. 무엇보다 예전의 내가 화장실에서 쓰레기를 설거지하는 관계자를 유난이라고 생각했던 것처럼 회사의 다른 직원들도 내 모습을 유난이라고 생각하면 어쩌나 했다. 이 부분은 인턴 생활 내내 신경이 쓰였던 부분이라, 아무도 없을 때만 조심스레 탕비실을 찾아가 설거지했다.

하지만 이런 소심한 쓰레기 설거지가 선순환을 그려내었다. 인턴 퇴사를 앞두고 인수인계를 받을 내 후임이 들어왔을 때, 여러 인계를 끝낸 뒤 나는 조심스럽게 분리수거에 대해 말을 꺼냈다.

"저는 플라스틱 쓰레기나 팩 쓰레기가 나오면 설거지를 해서 배출하긴 해요. 하지만 이건 의무는 아니에요. 그냥 저 검은 봉투에 넣어서 그대로 버리셔도 괜찮아요."

"아니요. 저도 이런 거 그냥 못 버리는 성격이라서요. 저도 씻어서 버릴게요."

내가 없었어도 그 후임은 쓰레기 설거지를 해서 버리는 사람이었을 수도 있다. 하지만 내가 화장실에서 쓰레기 설거지를 하던 관계자를 보고 설거지를 해야겠다고 생각한 것처럼, 내가 먼저 '쓰레기 설거지를 한다'는 것을 알려서 후임도 그 선택을 한 것일 수도 있다고 생각하면 마음이 훈훈하다.

아몬드 우유에서 시작해서 이제 쓰레기 설거지까지 왔다. 쓰레기 설거지에 적응한 내가 내디딘 다른 한 발자국이 있고, 그 발자국이 익숙해졌을 때 또 내딛게 될 다른 한 발자국이 있을 것이다. 하지만 나는 지구 입주민으로서의 최소한의 도리를 다하는 중이다.

언젠가 똑똑한 과학자가 플라스틱을 10분 만에 분해하는 기술을 개발하거나, 단 한 알만 먹여도 가축을 사육할 수 있는 기상천외한 사료를 개발할 수도 있다. 그런 기술과 비교하면 나의 쓰레기 설거지는 정말 아무것도 아니지만, 그런 기술이 나오기 전까지 아무것도 하지 않을 수는 없다. 지구 입주민으로서의 양심이 아프니까. 작지만 내가 할 수 있는 일들을 하는 중이다. 지구를 위한 나만의 발자국이 이어지고 길이 만들어지면, 언젠가 귀여운 생색을 낼 수 있겠지. 뿌듯해할 수 있겠다는 생각이 든다.

1인가구는 내가 어떤 지구인인지를 선명하게 알려주는 가구의 형태이다. '엄마가 요리하느라 쓰레기를 많이 만들었겠지', '오빠가 과자를 많이 먹어서 쓰레기통이 금방 찼겠지', '고기 안 먹으려고 했는데 아빠가 사주는 거니 먹어야지'와 같은 사소한 회피가 통하지 않는다. 그러니 시간을 두고 차차 하나씩 습관을 바꿔보자. 한 번에 바뀌지 않는다고 자책하지 말고, 나처럼 '고기는 먹지만 우유는 안 먹는 사람'에서 시작하면 점점 더 많은 것을 선택하지 않을 수 있고, 점점 더 많은 것을 사지 않게 된다.

우리는 해야 할 것이 너무 많은 사람들인데, 그 와중에 환경오염에 대한 마음의 짐도 지고 있다. 하고 말고를 선택하는 것은 본인의 자유이지만 이 책을 읽는 사람들은 아마도 너무 뻔한 단어, '지속 가능한' 형태의 습관을 만들고자 하는 마음이 있길 바란다. 나 역시 떳떳한 지구인이라고 자부할 수도 없고, 소소할 뿐인 나만의 습관이 하루아침에 만들어진 것도 아니다. 시간을 두고 서서히 시작해보자. 3개월에 1가지씩만 자리 잡아도 1년 뒤면 지구를 위한 4가지 습관, 2년 뒤면 8가지의 습관을 지니게 되는 셈이다. 그리고 경험상 하나의 습관을 만들면 두 번째 습관을 만드는 것은 더 쉬워지고, 세 번째 습관을 만드는 것은 더더욱 쉬워진다. 그러니 세상에 당당한 1인가구, 지구에 떳떳한 지구인이 되기 위해 딱 한 걸음만 더 내디뎌보자.

지구는 우리가 살아남을 수 있는 마지막 행성이다. 슬프지만 우리만의 힘으로 방대한 양의 쓰레기를 모조리 없애버리고, 하루아침에 극심한 기후위기를 해결할 수 있는 것은 아니다. 그렇지만 우리는 우리의 마지막 행성에서 최대한 폐를 덜 끼치는, 사소하지만 노력하고 있는 사람으로는 충분히 존재할 수 있다. 이와 관련해서 내가 현재 유지하고 있는 습관 7가지를 소개하겠다. 크게 어렵지 않고, 견딜 수 없이 불편한 것도 아니다. 이렇게 사는 지구인도 있구나, 생각하면서, 다들 어떤 지구인으로 살아갈 지 고민해보자.

1. 그냥 우유 대신 아몬드 우유

- 아몬드 우유는 그냥 우유보다 열량이 낮아 다이어트에도 좋다. 아몬드 우유 190ml는 45kcal, 우유 200ml는 130kcal이다. 먼저 마트에서 작은 아몬드 우유 팩을 사서 마셔보고 거부감이 없다면 바꿔보자. 가격도 우유보다 훨씬 저렴하다.

- 아몬드 우유에 시리얼을 타 먹어도 되고, 집에 커피 머신이 있다면 라떼를 만들 수도 있다. 전날 밤에 귀리를 아몬드 우유에 재워놓고 다음 날 아침 과일이랑 먹어도 무척 든든하다. (20년 넘게 변비로 고생하고 있는 사람

이 보장한다. 이 식단은 변비에 정말 좋다!)

2. 우리 집은 가공육 금지

- 환경을 위해 계란, 붉은 육류 등등 동물성 식품은 피해
  주는 것이 좋다. 하지만 한 번에 바꾸기 어렵다면 가공
  육부터 없애보자. 사실 가공육은 환경뿐 아니라 몸에
  도 좋지 않다. 세계보건기구 산하 국제암연구소가 가
  공육을 1군 발암물질로 분류했을 정도. 그 정도면 담배
  만큼 몸에 좋지 않은 것이다. 가공육을 멀리하면 환경
  과 건강을 모두 지킬 수 있다.

3. 비누의 마법

- 클렌징 폼, 샴푸, 바디워시 같은 액체 형태의 제품 대
  신 고체 형태의 비누를 쓰는 것을 추천한다. 향기가 좋
  고 선물용으로 유명한 제품은 1인가구가 계속해서 쓰
  기엔 비싼 감이 있지만, 잘 찾아보면 충분히 저렴하고
  성분 좋은 비누가 있다. 게다가 비누는 동글동글 조약
  돌 같아서, 비누를 사용하기 시작하면 욕실이 간소해지
  고 예뻐진다. 나는 마트에서 파는 가지각색의 목욕용품
  들이 선반에 올라가 있을 때보다 색색의 작은 조약돌을

2장 우현지만 도 많은 배수가 아니라서

얹어둔 것 같은 비주얼이 훨씬 마음에 들었다.

● 나는 고체 형태의 뷰티 바로 클렌징폼, 샴푸, 바디워시를 대체하고, 손 세정제는 좀 더 저렴한 비누로 대체해서 사용하는 중이다. 플라스틱 페트병 뚜껑을 비누 하단에 끼워 세워두면 물러짐 없이 잘 사용할 수 있다. 나중에 페트병 뚜껑에 남은 조각 비누는 한곳에 모아두었다가 다른 조각과 합쳐 또 사용하면 된다.

● 아무리 저렴한 비누 제품을 찾아봐도 찾아지지 않는 것이 있다. 트리트먼트가 그렇다. 그렇기에 트리트먼트는 여전히 액상 형태의 제품을 사용하고 있다. 그 대신 회사 근처에 필요한 만큼 빈 용기에 제품을 덜어갈 수 있는 '리필 스테이션'이 있어서, 퇴근길에 담아 오는 생활을 시작했다. 근처에 이 같은 곳이 있다면 다녀오는 것을 추천한다.

● 비누는 선물용으로도 아주 좋다. 쓰기 아까울 정도로 예쁘고 피부에 좋은 비누가 정말 많기에, 이를 친구들에게 선물하며 자연스럽게 사용하게 만드는 기회를 줄 수도 있다. 샤워가 잦아지는 여름이라면 더욱 센스 있는 선물이 될 수 있다.

4. 하루에 세 번이나 환경을 위하는 일이 있다면

● 우리가 하루 세 번씩, 꼬박꼬박 사용하는 제품이 있다면 그건 바로 칫솔과 치약일 것이다. 우리가 흔히 알고 있는 플라스틱 칫솔은 지금 이 순간에도 만들어지고, 유통되고, 사람들이 사고, 쓰고, 버려지고 있다. 하지만 그것들은 쉽게 부패하지도, 재활용이 용이하지도 않다. 특히 칫솔은 제품의 특성상 주기적으로 바꿀 수밖에 없는데, 1년에 버려지는 칫솔의 개수를 생각하면 한숨이 나온다. 치과 의사들이 꼭 달에 하나씩 바꿔주라고 하니, 버리기가 아깝다고 안 바꿀 수도 없는 노릇이다. 또 튜브 형태로 되어 있어 재활용하기 어려운 치약도 환경을 생각하면 찜찜한 구석이 있다. 그 때문에 나는 요즘 대나무 칫솔과 고체 치약을 쓰고 있다. 둘 다 일반 칫솔과 치약에 비하면 꽤 비싼 편이지만, 할인을 노려 대용량으로 구매하면 저렴하게 구매할 수 있다.

● 무엇보다 사용 방법이 아예 달라지는 비누에 비해 고체 치약과 대나무 칫솔은 첫 사용에도 크게 이질감이 없기 때문에 구매만 하면 사용하게 된다. 고체 치약의 경우 처음에 치약을 칫솔에 짜는 게 아니라 입에 넣어

씹은 후 칫솔질을 해야 하는 게 약간 어색할 수 있고, 치약보다 덜 자극적인 맛에 어색할 수는 있지만, 적응하고 나면 아무것도 아니다. 게다가 튜브로 짜서 사용하는 치약보다 텁텁함이 덜 하다. 유통기한이 조금 짧은 대신에 각종 화학물질이 덜 들어가서 훨씬 개운하다. 똑같이 맛있지만 조금 무거운 맛의 아이스크림과 작은 얼음 조각조각이 입에서 깔끔하게 녹아내리는 샤베트의 차이랄까?

5. 하얀 휴지가 아니어도 좋아

● 우리가 쓰는 휴지가 나무로 만들어진다는 사실은 다들 알 것이다. 그런데 원래 흰색인 게 아니라, 표백을 거쳐 하얗게 된 것이라는 것도 알고 있는가? 휴지를 만들기 위해 산림을 파괴하고, 표백하는 공정은 환경을 생각하면 마냥 이로운 일은 아니다. 그래서 나는 요즘 대나무 칫솔에 이어, 대나무 휴지를 사용하고 있다. 대나무 휴지를 만드는 데에는 어마어마한 산림을 파괴하지 않아도 되고, 대나무의 성장 속도를 고려하면 휴지로 만들어지기에 더없이 효율적이기도 하다. 대나무는 90일이면 25m까지 자라며, 일부를 잘라 써도 금방 회

복된다. 실제로 국민일보 기사에서는 대나무 화장지를 60개 쓰면 15년생 나무 하나를 살리는 효과가 있다고 말한다. 가격 역시 일반 휴지와 크게 차이가 없는 데다, 먼지 날림도 적어 시도해보기 쉽다. 심지어 하얀 휴지보다 훨씬 저렴하기까지 하다.

● 앞서 말했듯이 우리가 일반적으로 쓰는 휴지는 표백 공정을 거치는데, 대나무 휴지는 무표백으로 나오는 제품이 많다. 평생 하얀 휴지만 쓰던 사람은 낯설게 느껴질 수 있는데, 별도로 표백 작업을 하지 않았다는 것은 우리의 피부에 더욱 순하다는 것을 의미한다. 피부가 예민한 사람, 아토피가 있는 사람들이라면 무표백 휴지를 쓰는 것이 더 나을 것이다. 아이가 있는 집은 아이가 대소변을 가리기 시작하면서 대나무 휴지로 바꾸기도 할 정도…! 그러니 모두 무표백 휴지와 거리를 둬야 할 이유가 없다. 하얀 휴지가 아니어도 좋다.

6. 안전하고 유용한 천연 수세미

● 나는 설거지를 할 때 긴 물방울 모양처럼 생긴 천연 수세미를 삼등분해서 사용한다. 마트에서 쉽게 구할 수 있는 플라스틱 수세미는 식기에 미세 플라스틱 잔여물

이 남을 수 있어 건강에도 좋지 않고, 잘 분해되지 않는 플라스틱 쓰레기라 환경에도 좋지 않기에, 천연 수세미를 활용하는 것이 좀 더 안심된다.

● 천연 수세미에도 여러 가공이 이루어진 제품이 있다. 표백이 된 것도 있고, 좀 더 까슬까슬하게 마감된 것도 있다. 미관상 귀엽거나 기능이 더 좋을 수는 있지만, 대체로 평이한 요리(기름때가 진하게 눌어붙었거나 설탕시럽 같은 것이 굳은 요리가 아니라면)를 하고 설거지가 적게 나오는 1인가구가 사용하기에는 있는 그대로의 천연 수세미로도 충분하다. 수세미를 자르다 보면 부스러기나 검정 씨앗이 나와서 조금 털어내야 하는 번거로움이 있지만, 사용하다 보면 크게 거슬리지 않는다.

7. 텀블러 없으면 안 될 지경

● 강아지 훈련사 강형욱은 한 매체에서 강아지의 목줄 착용을 강조하며 '목줄은 팬티다'라고 말했다. 인간에게 텀블러도 마찬가지 아닐까? 나는 대체로 하루종일 바깥에서 지내는데, 개인 텀블러가 없다면 끊임없이 일회용품을 사용해야 한다. 식당에서 물을 마실 때도, 테이크아웃 커피를 마실 때도 일회용품 쓰레기가 나온

다. 이런 자잘한 낭비를 줄이려면 텀블러는 필수, 아니 팬티다.

텀블러는 입구를 완전히 밀봉할 수 있는 얇고 가벼운 것 하나, 입구가 크고 용량이 넉넉한 것 하나를 구비해 두면 좋다. 외출할 때는 얇고 가벼운 텀블러에 물을 채워 다니면 편의점에서 페트병 생수를 구매하지 않아도 되고, 도서관이나 회사 등 장시간 한 장소에 있는 경우 큰 텀블러 하나를 챙겨두면 물을 가지러 자주 일어나지 않아도 될 뿐 아니라, 카페에 가서 텀블러에 음료를 담아오기도 용이하다.

●텀블러를 구매할 때는 입이 닿는 부분에 색칠이 되어 있지 않은 텀블러를 구매하자. 텀블러를 오래 사용하면 칠이 조금씩 벗겨지는데, 쓰기에도 찝찝하고 미관상으로도 보기 좋지 않아 버리고 싶어지기 때문이다. 영국 환경청 발표에 따르면 텀블러는 최소 220번 사용해야 환경에 도움이 된다고 한다. 한번 구매할 때 가급적 값이 나가고 마음에 꼭 드는 것을 구매해서 오래 쓰자.

3장

조금은

알 것 같기도
하고

내 외로움도
마비될 수 있다면

내게는 어린 시절 6년을 함께 보낸 친구, 참새가 있다. 우리는 관심사가 겹치지도 않았고 서로의 고민을 툭 터놓고 이야기하는 사이도 아니었지만, 항상 서로의 곁에 있었다. 중고등학교 내내 계속 같은 학교, 같은 반에 배정되었기 때문이다. 덕분에 우리는 꽤 긴 시간을 공유했다. 대학 진학 후 사는 지역이 달라져 못 본 지가 한참 되었지만, 나는 참새의 얼굴, 목소리, 표정을 아직까지 생생하게 기억한다. 참새는 특별히 잘난 것 없이 평범했던, 그리고 때로는 미숙했던 나를 한결같이 다정한 모습으로 대해준 친구였다.

한번은 내가 말실수를 해서 참새의 기분을 상하게 한 적이 있다. 참새는 뽀로통한 표정으로 나를 멀리 하는 것 같더니, 생리통으로 고생하던 내가 화장실을 다녀오느라 자리를 잠깐 비운 틈을 타 내 책상에 담요니 약이니 하는 것들을 가져다 두는 친구였다.

우리는 서로의 가장 친한 친구는 아니었지만, 참새는 사춘기 시절의 내게 마치 신경안정제 같은 존재였다. 나의 아픔에 언제나 예민하게 반응해주는 친구가 바로 옆에 있다는 사실은 내게 큰 편안함을 주었다. 성인이 된 지금, 나는 유달리 다정한 사람을 만나면 그들의 얼굴에서 참새의 얼굴을 본다. 그 애는 내게 상냥함의 원형이다.

집에서 "아빠 보러 안 내려오면 방값 끊어 버릴 거야!" 하는 협박성 전화를 받은 적이 있다. 딸내미가 보고 싶은 거겠지, 싶어 바쁜 일정에도 다소 무리해서 시간을 내서 본가를 찾았다. 장장 5시간이 걸려 본가로 내려갔지만, 막상 나를 본 아빠는 시큰둥했다. 아빠는 나를 두고 본인 친구들을 만나러 나가거나, 내가 집에 있어도 방에 누워서 TV만 봤다. 그렇게 내려오라고 조르더니 딸이랑 놀아주지 않는다고 한 소리 하자, 아빠는 "그냥 집에 넣어 놓고 보면서 흐뭇해하는 거지!"라고 대답했다.

집에 넣어 놓고 보면서 흐뭇해하기? 뭔가 무뚝뚝한 인

간이 돌봐주는 뚱보 햄스터가 된 기분이 들기도 했지만, 동시에 나도 아빠와 다를 바가 없다고 생각했다. 한동네에서 평생을 산 내 인간관계는 이 말로 전부 설명할 수 있다. 내 곁에 있기만 하면 되는, 내가 곁에 있어 주기만 하면 되는, 우리 서로의 존재만으로도 충분한 관계망 속에서 나는 살았다. 기분이 우울하거나 버거운 일이 생겼을 때 역시 그걸 굳이 말로 털어놓지 않아도 괜찮았다. 이들이 그저 내 옆에 있는 것만으로도 든든했고 그것으로 충분했기 때문이다.

도시에서 자랐던 사람, 인구가 많은 지역에 살던 사람에겐 낯설게 들리겠지만, 내가 자랐던 시골 마을은 같은 유치원에서 처음 만난 친구들이 이후에도 쭉 같은 초등학교, 중학교, 고등학교에 다닌다. 초등학교 때는 1학년부터 6학년까지 전교생이 70명이 안 될 때도 있었다. 그러니 1학년 때 같은 반이었던 친구가 2학년 때도, 3학년 때도 같은 친구가 된다. 그러니 나는 해가 바뀔 때마다 굳이 누군가와 새롭게 친해질 노력을 할 필요가 없었다. 이미 너무 익숙한 친구들이 주변에 있고, 그들은 언제든 내가 원할 때, 내가 좋아하는 방식으로 날 맞아 주었기 때문이다.

이런 관계에는 엄청난 노력이 필요하지도 않다. 그저 그 순간이 겹치고 겹치다 보면 '옆에 있는 것만으로 충분한' 관계가 만들어진다. 내게 어떤 일이 있어도 항상 너는 옆에 있었고, 앞으로도 그럴 것이고. 내가 아무리 힘들어도 서로가 항상 옆에 있었고, 앞으로도 그럴 것이고. 서로의 존재 그 자체가 주는 신뢰의 감정은 지층처럼 차곡차곡 쌓여 그 무엇도 뚫을 수 없는 안정감을 만들어냈다. 이처럼 내게 '시간'은 인간관계에서 가장 중요한 요소였다.

　서울에서 새로운 관계를 만드는 일은 그래서 어려웠다. 원래 사람을 사귀던 방식대로 천천히 익숙해지는 방식으로는 사람들과 친해질 수 없었다. '매일 만나는 것이 자연스러운' 환경이랄 게 더 이상 존재하지 않았기 때문이다.

　하지만 신기하게도 다른 대학생들은 처음 만나는 자리에서도 금세 친해졌다. 밤에 갑작스럽게 술자리를 잡고 다음 날 아침까지 마셨다. 그저 얼굴 몇 번 본 사이인데도 심심할 때 덜컥 전화를 걸어 불러냈다. 사람과 사람이 가까워지는 속도가 너무 빨랐고, 그에 적응하지 못한 나는 종종 대답을 얼버무리거나 일정이 있는 척 자리를 빠져나왔다. 어떻게 새로운 관계망을 꾸려가야 할지 도통 감이 잡히지 않는 나날이었다.

마음 붙일 곳 없는 서울은 조금 심심했고, 많이 외로웠다. 영화 〈중경삼림〉에 나오는 경찰 233은 외로울 때 여기저기 전화를 걸어 사람을 불러내다가, 나오는 사람이 없으니 초등학교 시절 짝꿍한테도 전화를 걸던데, 나는 그럴 용기도, 충동도 없었다. 결국 난 자연스레 혼자가 되었다.

코로나 바이러스로 인해 수업이 전면 온라인으로 전환되었던 어느 때, 자취방에서 기계처럼 수업을 듣고 과제만 하던 나는 문득 내가 2주 넘게 집 밖으로 나가지 않았다는 것을 알게 되었다. 그 사실을 알아채자마자 갑자기 사람이 너무 보고 싶었다. 친구들과 주고받는 문자, 유튜브 속 사람들로는 채워지지 않는 공허함이 느껴졌다. 그 순간의 나는 '진짜 사람'이 필요했다. 대화를 나눌 수 있고, 눈을 맞출 수 있는 생물이 필요했다. 사람이라는 존재가 나 말고 또 있다는 것을 확인하고 싶어졌다. 그래서 학교 도서관으로 향해 사람들 사이에 섞여 도서관이 문을 닫을 때까지 책을 읽다가, 온라인 수업을 듣다가 하며 도서관 밖으로 보이는 원룸촌을 구경했다.

낮에는 삭막하게만 보였던 원룸촌이 저녁에는 꼭 크리스마스 트리처럼 화려해졌다. 하나둘 켜지는 전등불이 창문을 비집고 나왔다. 나와 비슷하게 살아가는, 이 작은 도시에 방 한 칸씩 차지하고 사는 저 사람들도 나 같은 생각을 한 적 있을까, 그렇다면 어떻게 외로움을 버틸까 생각했다. 정신없이 하루를 보내다가 텅 빈 원룸에 들어왔을 때 마주하는 숨 막히는 조용함, 네댓 평의 공간을 건조하게 채우는 형광등 불빛 소리. 매일 반복되는 이 일상이 나는 아직도 적응이 안 되는데, 다들 어떻게 살아가고 있는 걸까?

영화 〈혼자 사는 사람들〉의 주인공 '유진아'는 혼자 지내는 게 편하다고 말하면서도 밥을 먹을 때, 이동할 때도 이어폰을 귀에 꽂고, 사람이 나오는 영상을 보며 외로움을 마비시킨다. 심지어 잠 잘 때도 TV를 틀어 놓고 잔다. 별 내용 없는 먹방, 예능 같은 걸 보면서 사람의 목소리를 듣는다. 혹시 저 원룸촌의 창을 비집고 나오는 불빛도 다 TV의 불빛인 걸까, 다들 그렇게 외로움에 적당히 마비되며 살고 있는 걸까? 아니면 저 방에는 정 붙일 만한 것이 있는 걸까? 대체 다들 어떻게 혼자 사는 삶을 견뎌내고 있는 걸까?

당시 내 발은 서울에 붙어 있었지만, 내 마음은 허공의 먼지처럼 떠돌았다. 묵직하고 포근하게 나를 서울에 붙여줄 물 한 방울이 있었으면 좋겠다고 생각하며, 원룸촌 야경을 오래오래 구경했다.

여기도
라라랜드가 있다

어린이집부터 고등학교까지 함께한 친구 몇몇, 가장 친한 친구인 부모님, 동네 길고양이. 내 인간관계의 폭은 넓기보다는 좁고 깊었다. 그들은 내게 관계에 대한 확신을 주는 사람들이었고, 내가 언제든 돌아갈 둥지가 되어주었다. 그 관계 덕분에 나는 다른 사람들과 헤어져야 하는 순간에도 늘 담백한 이별을 할 수 있었다. 졸업식 날 담임 선생님의 마지막 종례, 다른 학교로 진학하게 된 친구들처럼 내게 주어진 헤어짐은 물론 아쉬웠지만, 견딜 수 없이 슬프지는 않았다.

하지만 상경하고 나니 사람과 헤어지는 게 너무 아쉬웠다. 이 사람과의 만남이 끝난 후 돌아갈 관계망이, 나만의 둥지가 없었기 때문이다. 혼자 그냥 그렇게, 조용한 집에서 몸을 둥글게 말고 잘 뿐이었다. 한평생 가족들, 친구들과 복작복작 살아온 나는 사람의 부재가 무척 크게 느껴졌다.

학창 시절에 함께 밥을 먹던 친구들을 나는 '급식팟'이라고 부른다. 서로 반이 달라도 급식을 먹을 때면 자연스럽게 한곳으로 모이기 때문이다. 밥을 같이 먹는 것이 너무 당연한 무리, 밥을 먹고 회전초밥처럼 운동장을 뱅뱅 돌며 실없는 소리를 하는 무리. 서울에 왔을 때 나는 그런 무리 비슷한 것이 필요했다.

항상 주변 사람들에 둘러싸여 복작복작 지내던 나는 그 일상이 얼마나 귀한 일인지 몰랐다. 서울에 와서 혼자 덩그러니 남겨져 보니, 지금까지 내가 온전히 하루하루를 살아가고 그 안에서 행복을 찾을 수 있던 것은 다 내가 속해 있던 가족과 친구들 덕분이라는 걸 알았다. 급식을 먹으며 미주알고주알 오늘의 사건을 친구들에게 일러바치고, 우울하게 늘어져 있든 말든 내 배를 밟고 지나가는 고양이를 쓰다듬고(그러다 물리고), 시험이 끝나자 수고했다며 부모님께서 사다 주신 케이크를 촌스러운 꽃무늬 그릇에 담아 먹는 그런 일들. 그 당연하고 영원할 것 같은 일상이 나를 버티게 해주었다.

하지만 서울에는 나쁜 사건이 내 인생에 들이닥쳤을 때 내가 회복할 수 있는, 돌아갈 수 있는 둥지가 없었다. 삶의 모든 에피소드가 해피엔딩이었던 나는 서울에 올라와 혼자 지내면서 처음으로 미지의 새드엔딩을 생각하게 되었다. 어서 새로운 둥지를 만들어야지, 싶다가도 새로운 사람들과 어떻게 좁고 깊은 관계를 만들어 갈 수 있는지, 생애 처음 만든 둥지를 떠난 후 나만의 새로운 둥지는 어떻게 지을 수 있는 건지 알 방도가 없었다.

더군다나 대학에 막 입학한 새내기는 할 게 없어도 너무 없었고, 텅 비어버린 시간을 혼자 견뎌내는 일은 다른 의미로 힘들었다. 그 시간을 버텨내려고 뭐든 했다. 인터넷에서 '대학생 때 해봐야 할 활동 TOP 10' 같은 글을 찾아봤다. 대외활동, 학회, 봉사활동 같은 것들이 쭉 떴다. 그때의 나는 혼자 덩그러니 남겨진 시간이 싫어서, 나를 최대한 혼자 남겨두지 않으려고 거기 적힌 것들을 하나하나 해봤다.

그 과정에서 좋은 사람도 많이 만났지만, 이들은 대체로 볼일이 끝나고 뒤돌면 안녕이었다. 나와 결이 잘 맞아 보이는 친구를 찾으면 열심히 말도 걸고 약속을 잡아보기도 했지만, 마음의 거리는 쉽게 줄어들지 않았다. 시끌벅적한 자리를 견

디지 못하는 성격인데도 늦게까지 술자리에도 있어보고, 학과 행사에도 열심히 참여해봤다. 그렇지만 그곳의 나는 꼭 꿔다 놓은 보릿자루 같기만 했다. 내가 있을 자리가 아닌데 억지로 앉아있는. 그저 내 사교성이 부족한 건지, 사실은 정말로 내가 있을 자리가 아니었던 건지는 알 수 없다.

전염병으로 인한 정부 규제가 점차 완화된 이후 참석한 술자리에서 신기한 경험을 했다. 학과 사람들을 처음 만나는 자리라서 흥미롭게 대화를 관전하고 있었는데, 갑자기 낯선 핸드폰이 내 손에 쥐어졌다. 창에는 SNS 계정이 떠 있었다. '뭘 어떡하라는 거지?' 싶어 눈치껏 주변인들을 보니, SNS 검색 창에 본인의 SNS 계정 아이디를 쳐서 팔로우 버튼을 누르고 옆 사람에게 핸드폰을 넘기고 있었다. 그렇게 내 핸드폰이 한 바퀴 돌아 내게 오면 이 자리에 있는 모든 사람의 계정과 연결되어 있는 거였다. 오기 직전에 혹시 물어볼까 싶어 만들어 둔 SNS 계정을, 나도 열심히 남의 핸드폰에 입력했다. '이게 말로만 듣던 요즘 MZ세대인가!' 감탄하며, 자연스럽게 그들 중 하나가 된 기분에 의기양양해졌다.

내 또래의 문화를 희한하다고 생각한 것이 무안하게, 나 역시 신세대의 방법으로 내 인연을 찾았다. 바로 화상 회의에서 처음 만난 팀원, 자라와 연애를 시작한 것이다. 우리는 '대학생 때 해봐야 할 활동 TOP 10' 중 하나였던 '공모전 출전'을 통해 처음 만났다. 코로나 때문에 대면 회의 대신 화상 회의 도구인 '구글 미트에서 처음 만났고, 대회에서 나쁘지 않은 성적을 받았고, 이를 빌미로 팀 회식을 했고(이때가 처음으로, 실제로 살아 움직이는 그를 만난 것이다!), 그 뒤로 한 달에 몰려 있는 각자의 생일에 만나 데이트를 했고, 서로를 사랑해보기로 마음먹었다.

자라는 느긋하고 다툼이 없이 둥근 사람이었다. 그래서일까? 뾰족하고 호전적인 나에게 편안함과 안전한 느낌을 주었다. 현실적으로 무리인 걸 알지만 반려동물을 키우고 싶다며 징징거리던 내게 동백나무를 사다 주었고, 지쳐서 뻗어버린 날에는 1시간 거리를 쫓아와 내 저녁을 챙기고 잠자리를 봐주곤 돌아갔다. 일정이 빠듯해서 힘겨웠던 어느 날, 자라는 버스 정류장에서 젤리 네 봉지를 손에 쥐고 엉거주춤 나를 기다리고 있었다. 그 모습을 보면서 어쩌면 그 장면이 내 서울살이의 하이라이트일지도 모른다고 생각했다.

자라는 서울에서 찾은 내 첫 번째 둥지다. 기대했던 것보다 훨씬 오랜 시간 탄탄하게 애정을 쏟아주는 둥지. 자라는 내 친구가 되었다가, 엄마가 되었다가, 동생이 되었다가 한다. 마음이 먼지처럼 허공에 떠돌던 그 시기에 나는 그 자라를 만나 서울에 마음을 붙였다.

자라와 정신없이 시간을 보냈다. 처음 가보는 장소, 처음 먹어보는 음식들. 자라와 함께한 모든 시간과 공간이, 지금 여기를 '라라랜드'로 만들어주었다. LA 대신 서울에서, 멋진 석양 대신 구름이 낀 하늘 아래에서. 낭만이라고는 없어 보였던 이곳에서도 사실 라라랜드가 있다. 평범하고 재미없는 공간이 우리를 주연으로 한 영화의 배경이 되는 건 생각보다 쉬웠다.

사랑은 낯설고 무서운 곳을 살아갈 만하게 만들어주었다. 특히 외지에서 혼자 지내는 나를 누군가 계속 돌보고 있다는 느낌은 나를 향한 자라의 모든 행동에 더 큰 의미를 부여하게 했다. 밤이 헛헛하고 무서울 때 전화를 걸면 들을 수 있는 따뜻한 목소리가 있다는 것. 집 곳곳에 그 애가 써준 편지와 선물 같은 것들이 있다는 것. 밤늦게 들어가는 나를 걱정하는 존재가 있다는 것. 그것만으로도 낯설기만 했던 서울은 순식간에 낭만적인 도시가 되었다.

서울 한여름의 쨍한 햇살을 그 애는 가려주고, 나는 그 아래에서 종종 낮잠을 잔다. 뒤척임 한번 없이 아주 깊게.

나를 지켜줄
네모난 초록섬

아침에 일어나자마자 부시시한 몰골로 화분에 손가락을 꽂고 흙이 얼마나 말랐는지 확인한다. 노란색으로 변한 잎이 없는지를 확인하고, 공기가 건조하면 잎에 분무도 해준다. 그리고 해가 가장 잘 드는 위치로 화분을 모두 옮겨주고 환기가 어려운 날에는 선풍기를 틀어 바람을 맞게 해준다.

그리고 침대에 다시 앉아 깨끗하고 싱그러워진 잎이 반딱반딱 빛을 내는 모습을 보며 기분 좋은 아침을 맞는다. 빛나는 식물들의 모습이 마치 내 오늘 하루도 이렇게 싱그러울 거라는 예고편 같다며, 멋대로 의미 부여도 해본다. 나는 이 풍경에 빠져서 식植 집사가 되었다.

두 번째 자취방에서 나는 어느덧 열 개의 화분과 함께

살고 있다. 4개는 선물 받았고, 6개는 포트에 담긴 아기 식물을 데려와 키웠다. 처음 이사했을 때 근처 꽃집에서 데려온 스킨답서스는 나와 몇 번의 계절을 함께 보내더니 덩치를 꽤나 불렸다. 내 주먹보다 조금 컸던 그 친구는 이제 내가 양팔로 안아 들어야 할 화분에서 지내고 있다.

좁고 좁은 이 자취방에서 식물들은 정신없이 자랐다. 분명 두 달 전에 분갈이를 해줬는데 어느새 뿌리가 화분 아래로 조금씩 나와 집을 바꿔 달라고 외치기도 했고, 밤에 화분들을 정리해주고 다음 날 아침에 일어나면 못 보던 잎이 뿅 나와 있기도 했다.

정말이지 이 작은 생명들이 너무 경이로웠다. 초보 식집사의 실수로 물이 잘 안 빠지는 흙에 심어주기도 하고, 물시중을 들 때를 놓쳐 굶기기도 했는데 생명들은 어쩜 이렇게 씩씩할까? 키우기 꽤 어렵다는 식물이 몇 있는데도 별 탈 없이 잘 자라는 걸 보면 뿌듯하기도 하고 즐겁기도 했다. 본가의 가족들에게 아래로 멋지게 늘어진 스킨답서스의 잎을 자랑하기도 하고, 이 풍경을 사진으로 남겨 SNS에 올려 버리기도 했다.

식물은 사람처럼 의사소통이 되는 것도, 털북숭이 동물처럼 내게 온기를 주는 것도 아닌데도 내 마음을 다 빼앗아갔다. 본가에 내려갔다가도 3일 뒤면 '화분에 물 줘야 해!'하고 서울로 다시 돌아오고, 아침에 해가 더 잘 들어오기 때문에 아무 일이 없는 날에도 8시에는 일어나서 커튼을 젖힌다. 내 방에서 가장 해가 잘 들어오는 곳은 침대 머리맡에 있는 창문인데, 작은 화분들은 창틀에 올려두고 가장 큰 화분인 스킨답서스는 내 침대에 올린다. 주말 아침부터 침대에서 쫓겨나고도 기분 좋게 하루를 시작할 수 있다면, 이게 사랑이 아니고 무엇일까?

가을에는 겨울을 대비해 월동 준비를 마쳤다. 열대지방에 사는 식물을 넣어둘 온실도 당근마켓에서 구해오고, 온실 안에서 쓸 미니 선풍기, 햇빛(역할을 하는) 조명 같은 살림을 갖췄다. 작년 겨울 무척 추웠던 내 방에서 살아남느라, 꽃을 피우다 만 동백나무가 너무 아쉬웠는데, 이번 겨울에는 어떻게든 이 녀석의 꽃을 피워보겠다고 다짐했다. 내게 겨울은 상의 네 벌과 하의 두 벌로 버티면 그만인 계절이지만, 화분들은 따뜻하게 보호받아야 한다며.

사랑에 빠져 아침저녁으로 그 애들을 보고 있노라면 '다들 생긴 대로 산다.' 싶어진다. 매일 아침 내 침대를 빼앗는 스킨답서스는 물을 화분 받침대에 부어 뿌리가 물을 끌어 올리게 하는 저면관수 방식으로 물을 주고 있는데, 물을 주면 힘차게 꿀꺽꿀꺽 물을 받아 삼켜 빳빳하게 잎을 세워 올린다. 분갈이를 할 때면 화분 안에서 단단하게 뭉쳐있는 뿌리들이 너무 힘이 세서 빼내는 게 쉽지 않다. 잎 줄기도 아주 두껍고 단단해서 40cm가 넘게 아래로 잎을 늘어뜨리면서도 부서지는 줄기나 잎이 하나 없다.

반면 잎도 줄기도 아주 가느다란 아스파라거스는 성장이 스킨답서스처럼 빠르지 않고, 예민하기도 무척 예민해서 물 주기를 하루이틀만 놓쳐도 잎이 부분부분 노랗게 변한다. 해가 너무 세도 잎이 노랗게 변하고 너무 없어도 시무룩해진다. 방이 건조해서 매일 분무를 해주는데도 잎이 노랗게 변할 때도 있다. 그때는 숲에서 주워온 솔방울을 물에 적셔 화분 위에 올려두어 습도를 관리해주어야 한다.

스킨답서스는 잎이 강하고 광택이 돌아 강한 힘과 싱그러움이 느껴지는 식물이다. 반면 아스파라거스는 꼭 수채화 같다. 얇은 잎들이 겹겹이 쌓여 만들어내는 청초한 멋이 있달까? 밤에 노란 수면등을 받으면 무척 멋진 오브제가 된다. 강인하고 빠른 스킨답서스, 예민하지만 수려한 아스파라거스. 그 둘은 참 다르면서도 동시에 아름답다.

똑같이 하트 잎을 가진 식물의 매력도 정말 다르다. 하트 아이비는 작고 귀여운 하트 잎을 얇은 줄기에 주렁주렁 매달고 있다. 반면 안스리움 클라리네비움은 묵직한 벨벳 느낌의 큼직한 하트 잎을 갖고 있다. 귀여운 하트 아이비에 더 마음이 가다가도 안스리움 클라리네비움의 묵직한 존재감을 보고있으면 그게 더 예뻐 보인다. 존재의 아름다움이란 경쟁할 수 없는 요소인 모양이다.

제멋대로 생겨 제멋대로 살아가는 이 식물들에 맞춰 나는 물을 주고, 분갈이를 해준다. 그 과정이 귀찮을 때도 있지만 막상 시작하면 몰입하게 되고, 점점 자라는 아이의 옷을 입히는 것처럼 즐겁다. 각 식물에 맞는 흙을 배합해주기 위해 온갖 흙을 다 사고, 국적이 다른 토분들을 따져가며 구입한다.

내가 만들어준 환경 속에서 쑥쑥 자라나는 식물들은 멋진 초록섬을 만들었다. 그리고 그 속에서 나는 또 다른 하나의 존재로서 당당하게 휴식한다. 각자를 위한 환경에서 최선을 다해서 자라고 있는 존재들, 그 안의 나. 나도 그들 중 하나일 뿐이다. 느린 것도, 부족한 것도 아니고, 그냥 나만의 속도로 성장하고, 생긴 대로 존재하고 있을 뿐임을 깨닫는다.

식물을 키우다보면 '내가 강인한 스킨답서스가 아니라, 예민하고 약한 아스파라거스에 더 가까운 존재라고 할지라도, 그래서 뭐 어쩌란 말인가.' 싶어진다. 원래 그렇게 생겨먹었는걸. 하트 아이비를 아무리 구워삶아도 안스리움 클라리네비움의 잎처럼 크게 만들 수 없는 것처럼, 나도 그런걸. 존재란 그런 것인걸. 그렇게 중얼거리며, 나는 나만의 작고 약한, 그리고 풍성한 초록섬에 편안히 잠긴다.

그래도
우리 좋은 친구였지?

내 첫 강아지는 작은 박스에 담겨 우리 집을 찾아온, 아주 힘이 세고 건강한 진돗개였다. 이름은 '송이'. 그 이름은 내가 태어났을 때 아빠가 고민하던 내 이름 후보 중 하나였다. 사실은 내가 될지도 몰랐던 이름을 가진 만큼, 송이는 우리 가족이 온 마음을 담아 사랑했던 강아지였다. 송이는 내게 강아지가 주는 사랑이 어떤 것인지 알게 해주었다. 그 뒤로도 따뜻하고 보드라운 녀석들이 여럿 나를 스쳐 지나갔다. 누군가가 우리 마당에 묶어두고 간 개, 내 머리맡 창문에서 밥을 맡겨 놓았다는 듯 1년 넘게 울어댄 길고양이, 이모가 맡기고 간 작고 하얀 강아지까지. 그들은 모두 내가 받기에는 너무 과분한 사랑을 주고 떠났다.

그 작은 것들도 생명이라고, 품에 넣으면 따뜻하고 귀를 가져다 대면 콩닥콩닥 심장소리가 들렸다. 혼자 서울에 올라와 생활하는 이 상황이 가끔 외롭고 어둡다 느껴질 때, 그 애들은 가끔 꿈에 나와 나를 위로해주기도 했다. 한없는 애정과 안정감을 주었던 녀석들이 가끔은, 정말로 너무 그리웠다.

동물을 책임진다는 것이 얼마나 무서운 일인지, 품이 얼마나 많이 들어가는 일인지를 안다. 그 때문에 나는 아마 20대 내내 절대 동물을 키울 수 없을 거라고 생각했다. 정기적인 수입도 없고, 내게 무슨 일이 생겼을 때 그 아이를 돌봐줄 수 있는 동거인도 없으니 말이다. 그래서 산책하는 개들, 길에서 가끔 보이는 고양이들을 보면 마음이 울렁거렸다. 멀게만 느껴지는 미래를 일찍 당겨와 상상했다. 언제쯤 동물의 따뜻함을 다시 느낄 수 있을까 싶어서.

그 울렁거리는 마음을 갖고 서울에서 몇 년을 보낸 후, 개와 함께 할 수 있는 기회가 왔다. 100일간 강아지 임시보호를 하기로 했던 사람이 중간에 임시보호를 포기하게 돼서 갈 곳이 없어진 강아지가 있는데, 내가 동물을 좋아하는 걸 알고 있던 지인이 내게 이 사실을 알려준 것이었다. 강아지와 함께하는 일상을 보낼 수 있다는 들뜸도 잠시, 현실적으로 임시보호를 고민하게 되었다. 내가 돌봐줄 수 있는 시간은 70일 인데, 짧다면 짧은 기간이지만 정이 들 대로 다 들기에는 충분한 시간이기도 했다. 무엇보다 임시보호를 하다가 입양이 안 되면 강아지를 보호소로 돌려보내야 하는데, 그때 개를 다시 보호소로 돌려보낼 수 있을지도 걱정됐다. 반려동물은 절대 못 기른다고 했던 집주인 할머니를 열심히 설득해 70일 동안 임시보호하는 것 자체는 허락받았지만, 그 이상은 절대 안 된다고 하셨기에, 임시보호 기간을 연장하기에도 어려운 상황이었다.

미래의 미래까지 고민했지만 결국 내가 입양을 할 수 없다는 결론이 나왔다. 여유로운 시간도, 정기적인 수입도 없는 20대, 그 애를 무슨 수로 책임질 수 있을까? 생명을 책임지는 데 사랑이 필수이지만, 사랑만으로는 아무것도 책임질 수 없다. 그날 밤 나는 임시보호를 하겠냐는 제안에 이런저런 생각을 하느라 밤을 꼬박 새우고 출근하고 말았다.

하지만 나는 지인이 전해준 사진 속의 검정 개와 이미 사랑에 빠졌다. 이름은 루시였다. 나의 첫 강아지 송이가 떠오르는 긴 입, 뾰족한 귀, 긴 꼬리가 낮에 일을 하다가도 자꾸 눈에 떠올랐다. 영상 속에서 루시는 쓰다듬을 받고 있었는데,

더 만져달라고 고개를 손 쪽으로 자꾸 들이밀면서도 이 사람이 믿을 만한 사람일까 눈치를 보고 있었다. 그게 너무 마음이 아팠다. 너처럼 예쁜 개가, 왜 당연하고 온전한 사랑을 받지 못하고 있니.

여전히 고민 중이던 어느 주말, 임시보호를 제안한 분에게 연락이 왔다. "지금 어디예요? 안 바쁘면 루시 보러 올래요?" 긴 외출에 지쳐서 카페에 퍼져 있던 나는 그 연락을 받고 한달음에 달려갔다. 깨끗한 집에서 빨간 스카프를 두르고 있던 루시는 내가 오자 바닥에 납작 엎드려 꼬리를 조금씩 흔들었다. 눈높이에 맞춰 손을 내미니 한참 콤콤 냄새를 맡다가 앞다리를 조금씩 움직여 내 손에 얼굴을 기대어 왔다. 그 소심하고 조심스러운 움직임. 작고 사랑스러운 그 행동을 본 순간 나의 잡생각은 싹 날아가고, 70일간 내 삶의 일부를 루시에게 떼어줄 수밖에 없게 되었다.

며칠 뒤 루시가 우리 집에 왔다. 본가에 있는 강아지인 '씨루'와 이름이 비슷해 이름을 한동안 자주 잘못 불렀다(팥고물이 덕지덕지 묻은 시루떡과 비슷하게 생겨서 '씨루'이다. 신기하게 루시도 깜장 색이다). "씨루루씨… 루시!" 서툰 보호자의 부름처럼, 루시는 우리 집에 와서 몇 날 며칠을 움츠려 있었다.

밥도 안 먹었고, 애교도 부리지 않았고, 계속 잠만 잤다.

'우울증이 왔나?' 걱정하며 루시를 데리고 계속 밖을 나갔다. 눈 뜨자마자 바로 나가서 한 시간, 점심 먹고 나서 한 시간, 저녁 먹고 나서 한 시간, 자기 전에 한 시간. 이렇게 3일 내내 총 4시간씩 산책했다. 그렇게 해도 루시는 이 동네를 자기 동네로 인정하기 싫었던 모양이다. 화장실도 갈 기미가 없고, 거리의 풀과 전봇대에 적극적으로 코를 들이밀지도 않았다. 하긴, 나라도 집이 계속 바뀌고, 평생 사랑해줄 것처럼 자기를 예뻐하던 사람이 자꾸 떠나가면, 새로 바뀐 그 무엇에도 정을 붙이고 싶지 않을 것 같다.

4시간짜리 산책이 3일 차에 접어들던 날, 루시는 드디어 배변 활동을 시작했다. 속으로 환호성을 질렀다. 개똥이 이렇게 반갑기는 처음이었다. 오르막길을 걸으면 장운동이 될까 싶어 일부러 오르막길만 골라 한 시간 넘게 걷던 중이었는데, 효과가 있었던 걸까. 오르막길 꼭대기의 멋진 야경을 배경으로, 루시의 흔적을 처리한 배변봉투 인증샷까지 찍었다.

산책을 다녀온 루시는 그간 안 먹고 버텼던 사료를 아주 많이 먹었다. 물도 한 사발을 시원하게 다 마시더니 더 가져오라고 밥그릇을 코로 탕탕 쳤다. 이 당당하고 거침없는 요구가 참 반가웠다.

한 3주가 지나자, 루시는 이 동네와 이 집을 자기 구역으로 받아들이기로 결심한 모양이었다. 아침에 일어나 부시시한 목소리로 "루시!"하고 부르면 오동통한 뱃살을 꿀렁꿀렁 흔들며 다가왔다. 소심하게 바닥에 납작 엎드리던 모습은 사라지고, 내가 걷고 있을 때면 두 앞발로 내 종아리를 퍽퍽 치며 쓰다듬을 요구하기 시작했다. 부시럭 소리가 조금만 나도 쏜살같이 달려와 뭐라도 내놓으라고 하고, 산책할 때는 자기가 가고 싶은 방향으로 가자고 10분 넘게 나랑 대치하는 고집을 부리기도 했다. 애교를 부리는 루시가 너무 예뻐 가끔 꼭 끌어안고, 루시의 몸에 내 고개를 비벼대면 이 녀석은 내 이마에 앞발을 탁 얹고 째려보기도 했다. 그럴 때면 내가 루시에게 넓은 집과 비싼 간식을 주지는 못해도, 사랑은 넘치게 주고 있구나 싶어 마음이 놓였다.

내가 오랜 시간 너무나 그리워했던 동물의 존재는 내 기억대로 정말 넓고, 크고, 강한 것이었다. 가끔 너무 불안하고 외로워서, 작은 내 원룸에서 혼자 몇 시간이나 울어 버릴 때가 있다. 그러면 루시는 '쟤가 왜 저럴까'하는 표정으로 나를 쳐다보다가, 자기를 끌어안고 싶어서 비척비척 걸어오는 눈물콧물 범벅 몬스터에게 순순히 잡힌다. 그렇게 내 어깨에 폭 기대서 쿨쿨 자다가, 눈물과 콧물을 닦아낸 휴지가 침대에 가득 쌓이고, 내가 진정이 좀 되면 슬슬 품에서 벗어나려고 앞발로 나를 친다.

SNS에서 본 다른 개들은 주인이 울면 먼저 가까이 와서 애교도 부리고 품에 파고들고 하던데, 이 매정한 비즈니스독은 뭐지, 생각하며 침대에서 일어난다. 거울 속 몰골에 놀라 세수를 좀 하고 난 다음, 루시와 산책하러 간다. 신기하게도 그러고 나면 모든 게 괜찮아진다. 바뀐 게 아무것도 없는데도 말이다. 루시는 어김없이 왼쪽으로 가자고 우기고 나는 오른쪽으로 가자고 우기고, 집에 가는 건 또 어떻게 알아서 뒷다리에 힘을 주고 버티고, 어디서 치킨뼈를 찾아내서 입에 물고 눈치를 보고, 그런 루시의 입을 간신히 벌려서 치킨뼈를 빼내고. 그렇게 한바탕 소동을 부리고 나면 아무 일도 없었던 하루가 된다. 내 마음을 몰라주는 애인도, 다가올 불안한 미래도, 부족한 점만 가득한 내 모습도 다 머릿속에서 사라진다. 다음 날 아침이면 또 루시가 뱃살을 꿀렁꿀렁하며 나가자고 애교를 부릴 거고, 그러면 세수 한번 하고 산책하러 나갈 거고. 나가서 땅을 딛고 바람을 맞으면, 형체가 없는 불안들은 모두 날아간다. 다 괜찮아진다.

하지만 혼자서 개를 돌보는 일은 보통 일이 아니었다. 퇴사 후 복학 전의 달콤한 방학 기간이었는데도, 나는 집에서 꼼짝도 못한 채 하루 종일 개털을 치웠다. 여유가 있는 날에도 선택지는 오로지 애견 카페였다. 거기다 루시는 집 밖에서만 화장실을 갈 수 있는 실외 배변 강아지라 우리는 비가 오는 날에도 밖을 나갈 수밖에 없었다. 8월에 큰 태풍이 온다며 세상이 떠들썩했던 어느 날에도 먹구름을 등진 채, 비를 뚫고, 바람과 맞서며 세 번이나 밖을 나갔다. 이럴 때 가족이 있었더라면 더 수월했을 텐데, 싶다가도 루시를 보면 혼자서 이 모든 일을 해낼 수 있는 에너지가 솟아났다. 내 마음에 이렇게 큰 사랑이 있었다는 것을 참 오랜만에 느꼈다.

시간이 참 빠르게 흘러갔다. 개 산책하고 개똥 치우다 보니 약속한 70일이 다 되었고, 다행히 이후에 루시를 맡아줄 사람이 생겼다. 환경변화에 예민한 루시가 임시보호처를 더 옮기지 않아도 된다는 것에 안도하면서도, 이제 막 적응한 루시를 더 오래 품어줄 수 없어 아쉬웠고, 헤어짐이 슬펐다. 루시가 떠나기 일주일 전부터 '성인이 되고 나서 내가 이렇게 오래, 많이 울어본 적이 있을까?' 싶을 정도로 울었다. 떠나는 날 이틀 전부터는 아무것도 못하고 루시를 안고 울기만 했고, 루시를 떠나보내고 나서는 일주일 동안 정신을 못 차렸다. 특히 다음 날이 무척 힘들었다. 루시를 보낸 뒤 당분간 혼자 있으면 안 될 것 같아서 바로 다음 날에 본가로 내려가는 차를 끊었는데, 아침 7시에 남부터미널로 출발해서 버스를 기다렸는데 버스가 도통 안 왔다. 알고 보니 다음 날 아침 7시 표를 끊은 거였다. 결국 저녁에 출발하는 걸로 표를 다시 끊고 동서울터미널로 갔다. 또 버스가 안 오길래 살펴 보니 이번에는 또 남부터미널에서 출발하는 표를 끊은 거였다. 부랴부랴 남부터미널로 이동해 간신히 버스를 타긴 했지만, 하루 종일 지하철에 몸을 싣고 다니면서 혼이 나간 사람처럼 하루를 보냈다.

루시가 떠나는 날, 속으로 루시에게 '그래도 우리 좋은 친구였지?' 물어봤다. 함께 여기저기 놀러 다니고, 나는 이쪽으로, 너는 저쪽으로 가자며 산책할 때마다 티격태격하고, 같이 목욕도 하고, 서로 슬플 때는 안아주기도 했으니까. '우리가 평생 가족은 못 됐지만, 그래도 친구는 된 거지?'하고 물어봤다. 돌아오는 말은 없었고, 루시도 심드렁한 얼굴이었지만 아마 루시도 나를 좋은 친구로 기억해 줄 거라고 믿는다. 전하지 못한 말이 가득하고, 루시가 떠나면 닿을 곳 없는 내 마음만 동그라니 남겠지만, 덕분에 그해 여름이 너무 분에 넘치게 행복했다. 그리고 나는 그 기억을 먹고 아주 오랜 시간 행복할 것이다. 그러니 루시와의 70일을 전혀 후회하지 않는다. 정말로 뜨겁고 행복한 여름이었다.

1인분의 무게

오랜만에 서울에 고등학교 친구가 놀러 왔다. 평소에는
잘 가지 않지만 인기가 많은 동네에 데려가주고 싶어서 주말
에 사람이 무척 많은 동네에서 만났다. 놀 때는 즐거웠는데,
막상 집에 가려니 사람이 너무 많아서 버스에 겨우 올라탔다.
한참 동안 계단에 서 있다가 몇 정거장이 지나서야 겨우 버스
안쪽으로 올라설 수 있었다. 서로의 발을 밟고 옆 사람의 땀
냄새를 맡으면서, 평소에 안 하던 짓을 해서 괜히 고생한다며
궁시렁거리고 있을 때, 버스가 정류장에서 정차한 후 몇 분간
출발하고 있지 않다는 걸 알았다.

뒤에서 시끄러운 소리가 들려 돌아보니 시각장애인 한
분이 경사로를 내려달라 소리치고 있었다. 버스 기사님은 경

사로를 내리려고 운전석에서 장치를 조작하고 있는 것 같았는데, 고장이 난 건지, 아니면 할 줄 모르는 건지 몇 분째 쩔쩔매고 있었다. 시각장애인 분은 경사로가 내려오지 않으니 버스 기사가 본인의 말을 듣지 못했다고 생각해서 계속 경사로를 내려달라고 소리치고 있었고 버스 기사님은 결국 "소리 좀 지르지 마세요!"하고, 홱 짜증을 내고 말았다.

그분은 한바탕 소동 후에 내려온 경사로를 타고, 주변 사람의 안내를 받아 겨우 노약자석에 앉았다. 그런데 우리가 탄 버스의 음성 안내기가 작동하지 않아서, 앞에 서 있던 내게 계속 '지금이 어디냐'라고 물었다. 나중에는 계속 묻고 말을 거는 게 미안한지 주머니에서 계피 사탕을 꺼내셨다. 괜찮다고 거절해도 내 손을 더듬더듬 찾아 쥐여주었다. 그 분은 내릴 때도 주변 사람들의 도움을 받아 겨우 내렸다.

평범한 하루하루를 보내다가 이런 일이 생기는 날이면 마음이 무겁다. 출근길 버스 앞에서 휠체어를 타고 시위를 하는 사람들을 봤던 날, 아이가 먹다가 그대로 땅에 버린 빵을 주워 먹던 노숙자를 봤던 날이면 온종일 마음이 불편하다. 이런 어려움을 겪는 사람이 있다고 머릿속으로 아는 것과, 당연한 일상 아래에서 눈으로 맞닥뜨리는 건 정말 달랐다. 이런 날이면 내게는 무언가 책임이 있다고 느낀다. 내 힘은 아주 작고 미약하지만 그럼에도 움직여야 할 의무가 있다는 것을 느낀다.

그런 책임과 의무를 차일피일 미루다가, 1년간 이주노동자의 문제를 다루는 활동을 한 적이 있다. 한마음으로 모인 팀원들과 여기저기 인터뷰를 하러 다니고 전문가들을 만나면서, 이주노동자가 한국에서 어려움을 겪을 수밖에 없는 구조에 대한 보고서를 작성했다. 그리고 이 문제를 해결해야만 하는 이유와 그 솔루션에 대해 여러 자리에서 목소리를 내고 다녔다.

한국에 거주하는 한국인 직장인들은 여러 가지 이유로 이직과 퇴사를 결심할 수 있지만, 특정한 비자를 가지고 한국에 입국한 이주노동자는 사업장을 자유롭게 변경할 수 없다. 이들은 다음과 같은 극단적인 상황에서만 사업장 변경이 가능하다. 사업장이 망해서 없어진 경우, 사업주의 폭행으로 장기간의 치료가 필요하다고 판단되는 경우, 사업주에 의해 성폭행을 당한 경우 등과 같이 이주노동자 혹은 사업장이 심각한 위기 상황에 처한 경우에만 사업장 변경이 가능하다. 그 외의 상황에서도 사업주가 사업장 변경 승인을 해주면 일자리를 바꿀 수 있지만, 대체로 사업장은 인력난에 시달리는 경우가 많아 변경 승인을 잘 해주지 않는다.

이런 상황에서 이주노동자가 할 수 있는 일은 두 가지이다. 첫 번째, 열악한 노동환경과 폭력을 버티는 것이다. 이주노동자는 한국에서 오래 안정적으로 일하고 싶어한다. 이를 위해서는 체류 가능 기간이 더 긴 비자를 발급받거나 현재 가지고 있는 노동 비자를 연장해야 하는데, 이들이 사업장을 무단으로 이탈하면 한국에서 합법적으로 일할 수 없다. 그러니 노동환경이 몹시 열악해도 참고 일하다가 다치기도 하고, 심한 경우에는 사망에 이른다.

이주노동자가 두 번째로 할 수 있는 일은 사업장을 무단으로 이탈하는 것이다. 그러면 미등록 이주노동자 신분이 되어 의료 혜택과 법적인 보호를 받기 어려워진다. 물론 이들을 보호하는 법적 보호망과 무료 진료 서비스가 있기는 하지만, 현재 한국에 있는 수많은 미등록 이주노동자를 품을 수 있는 규모와 깊이는 아니다.

한번은 정부에서 만든 미등록 이주노동자 무료 진료 시행 병원에 모두 전화를 걸어 어떤 지원이 가능한지 물어보았다. 성의껏 응대해주는 병원도 있었지만 '우리 병원에서는 잘 안 해주니 다른 큰 병원 가보라'거나, '예산이 모두 소진되어 어려울 것 같다'는 대답이 많았다.

이 문제에 경각심을 갖고 약 1년 동안 애를 썼지만, 결국 우리는 이 문제를 해결하지 못했다. 근본적으로 법률이 바뀌어야 할 문제였지, 아무 힘도 없는 대학생 네 명이 모여서 할 수 있는 일이 아니었다.

'공부하면 할수록, 이해관계자들을 만나면 만날수록 이게 문제라는 사실이 점점 명확해져. 그런데 우리가 무엇을 할 수 있지?'

아무도 봐주지 않는 것만 같은 우리 팀의 영상, 보고서 같은 것들을 보고 있으면 마음이 허탈하고 아팠다. 결국 문제를 해결하지도 못했으면서 무언가 해보겠다며 섣부른 용기와 멋모르는 패기로 여러 이주노동자와 관계자들을 귀찮게만 한 것은 아닌지, 죄책감까지 들었다. 오랜 논의 끝에 우리 팀은 결국 활동을 종료했다. 변화의 바람을 일으킨다는 것이 얼마나 어려운 일인지를 몸소 깨달을 수 있었던 1년이었다.

활동을 종료한 후 몇 달이 지났다. 어느 날, 다른 비영리 기관에서 이주노동자 관련 사업을 진행하고자 하는데 우리의 활동을 참고하고 싶다고 보고서를 요청했다. 또 어느 날은 이주노동자 의료지원 시스템을 바꿔보고자 하는 대학생 팀이 조언을 구하기도 했다. 우리는 예전에 미등록 이주노동자 무료 진료 시행 병원에 모두 전화를 걸어 얻었던 데이터를 그들에게 공유했고, 이주노동자와 그 이해관계자들을 어떻게 만날 수 있는지 현실적인 조언도 건넸다. 어떤 점이 어려웠고, 왜 우리가 활동을 종료했는지까지 솔직하게 전달했다. 예전에 대상을 받았던 경연 대회에서도 강연을 요청했고, 덕분에 이주노동자의 이야기는 다시 라이브 방송을 타고 여러 청년에게 전해졌다.

우리의 활동은 공식적으로 종료되었지만, 활동의 흔적들은 다른 청년들에게 힘을 실어주고 있었다. 신기한 일이었다. 우리 팀이 처음 이주노동자 문제에 집중했을 때, 주변에 우리와 유사한 주제로 활동하던 대학생 팀은 거의 없었다. 그런데 시간이 흐르며 하나둘씩 생겨나고 있었고, 우리가 겪었던 시행착오를 딛고 서서 점점 더 나은 솔루션을 만들어가고 있었다. '아, 이게 사회현상이 사회문제로 인식되는 과정이구나' 싶었다.

사회문제는 어느 날 갑자기 발생한 것이 아니다. 여러 사회 주체들의 이해관계가 얽히고설켜 만들어진 시스템 속에서 발생한다. 때문에 언뜻 보기에 사회문제는 인과관계가 있는 '현상'으로 보일 수도 있다. 지구의 중력이 사과를 당겨서 사과가 땅으로 떨어지는 건 현상이고, 이러한 현상으로 놀라는 사람은 사과나무 근처에 앉아있던 뉴턴뿐이다. 하지만 한국의 산업이 성장함에 따라 정부가 이주노동자를 유입시켰고, 이들을 관리하기 위한 제도를 잘못 설계해서 피해를 보는 사람은 수없이 많다. 따라서 이주노동자의 문제는 인과관계가 있는 현상이면서, 동시에 문제이기도 했다. 하지만 누군가 문제라고 말하지 않으면 그저 현상이라고 이해될 뿐이다.

일례로 '영케어러'(가족돌봄청년)는 오랜 시간 사회문제가 아닌 사회현상으로 이해되며 사회의 지원을 받지 못했다. 아픈 가족에게 하루 종일 매달려 있는 젊은 청년들은 '가족을 위해 헌신하는 효녀, 효자'로 치부되었고, 가족 중에 아픈 사람이 있는 것은 가족들이 스스로 해결해야 하는 문제라고 생각되었다. 영케어러들이 왜 복지관에 도움을 요청하지 못하는지, 이들이 사회활동을 하지 못해 어떠한 어려움을 겪는지와 같은 이야기를 누군가 나서서 하지 않았다면 지금까지도 영케어러들의 일은 사회문제가 아닌 사회현상의 일부로 취급되었을 것이다. 하지만 영케어러 당사자와 이 문제를 해결하고자 하는 활동가들이 마이크를 잡으며 수면 위로 문제가 떠오르기 시작했다. 그 후 정부에서 영케어러 전수조사를 시작하게 됐고, 최근에는 적극적으로 광고까지 하며 영케어러 당사자를 발굴하기 위해 애쓰고 있다.

이주노동자가 한국 사회에서 겪는 문제도 아직은 사회문제가 아닌 사회현상으로 취급받고 있다. '억울하면 자기들 나라로 돌아가라지' 하는, 무책임하고 무관심한 목소리만 가득하다. 하지만 언젠가 이 현상은 사회문제가 될 것이다. 기존 활동가들이 했던 이야기를 우리 팀이 이어서 했고, 또 다른 팀들이 발전시켜 더 강력한 목소리를 낼 테니까. 우리 팀은 우리도 모르게, 다음 목소리가 나올 수 있도록 애쓴 것이다.

그러니 아무것도 해낸 게 없다는 생각은 접어두기로 했다. 우리의 움직임이 작고 미약할지라도, 쓸모없다고 생각하지 않기로 했다. 어쩌면 이러한 생각이 사회구성원으로서 1인분의 무게를, 그만큼의 책임을 다하기 위한 필수 요건일지 모른다. 언뜻 변화는 한순간에 번쩍 일어나는 것처럼 보여도, 그 변화는 아주 작은 움직임이 모이고 쌓여 일어난 것이다. 작은 활동이 쌓이고 쌓여 임계점을 넘으면 변화처럼 보이는 무언가가 발생한다. 한 활동가가 부계 혈통을 기본으로 가

족 구성원을 정의하는 '호주제'의 폐지를 주장하기 시작한 해
가 1952년이고, 실제로 폐지된 해는 2008년이다. 그동안 얼
마나 많은 활동가들이 호주제 폐지를 위해 애를 썼는지는 말
할 필요도 없다. 50년 동안 쌓인 작은 움직임이 임계점을 넘
은 해가 2008년이었을 뿐이다.

　시각장애인이 버스를 이용하기에 열악한 상황이었음
에도 불구하고, 사람들이 북적이는 버스에 시각장애인이 안
전하게 타고, 또 무사히 내릴 수 있었던 것도 여러 사람이 작
은 관심을 가졌던 덕분이다. 버스를 기다릴 때 지금 몇 번 버
스가 들어오고 있다고 알려준 사람이 있었고, 경사로가 내
려오지 않자 내려달라고 함께 소리쳐 준 사람이 있었고, 노
약자석까지 안내해준 사람이 있었고, 지금이 어디인지 알려
준 내가 있었고, 하차할 때 경사로까지 안전하게 안내해준
사람이 있었다. 나는 작고 미약하지만, 그 순간에는 미약하
지 않았다.

　그러니 사회구성원으로서 1인분의 책임을 다하는 일은,
1인분의 무게를 실감하는 일은, 힘도 자원도 없는 나 같은 대
학생도 할 수 있는 일이다. 나의 작은 움직임이 문제를 해결
하는 임계점에는 도달하지 못할지라도 괜찮다. 사회의 무언

가가 내 마음을 불편하게 한다면 목소리를 내고 행동하자. 그 목소리는 어딘가에 닿을 것이고, 언젠가 훗날에 그 목소리는 분명, 분명 빛을 발할 것이다.

변기가
피투성이가 되어도

대학교 3학년 때 처음 인턴을 시작했다. 나는 매주 진행하는 대학생 대상 교육 및 행사를 전담 매니저 옆에서 보조하는 일을 담당했다. 업무는 양도 많고 종류도 다양했다. 교육 장소를 세팅하고 점심 식사를 주문하는 일, 행정 처리, 행사 기획 등 경험할 수 있는 업무가 많았다. 배우러 온 입장이니 업무가 많고 다양한 건 좋은 일이었지만, 첫 사회생활이라 그랬을까? 몸과 마음에 부담이 꽤 컸다.

입사한 지 두 달째 되는 날에는 4박 5일 워크숍이 연달아 2개가 있었다. 그 워크숍을 준비하고, 진행하고, 그 이후에 발생한 지출 건들까지 결재를 올려 정리하고 나니 긴장이 풀려 그만 몸살에 걸려버렸다. 아빠는 내가 사회생활이 처음이라 과하게 긴장해서 그렇다고 했다. 원래도 체력이 좋지 않은 편인데, 비교적 일이 많은 곳에서 첫 사회생활을 해서 더더욱 그렇다고.

단순히 업무가 많은 것보다 업무의 책임이 나에게 있다는 부담이 더 힘들게 느껴졌다. 내 이름을 달고 올라가는 결재들, 디테일을 챙기지 않으면 큰일 나는 수십 가지 행사들, 오타나 누락이 없는지 꼼꼼하게 살펴야 하는 산출내역 건에 익숙해지느라 내 모든 에너지를 다 썼다. 퇴근 후 집에 들어온 한동안은 아무것도 못하고 잠만 잤다.

일이 몰려서 화장실 가는 것도 잊고 일하던 어느 날, 뒤늦게 간 화장실 변기에서 일어나 보니 변기가 피투성이가 되어있었다. 소변에 피가 조금 섞여 나온 게 아니라 피에 소변이 섞여 나온 게 아닌가 싶을 정도로. 깜짝 놀라서 집 근처 작은 병원으로 달려가서 물어보니 방광염인 것 같다고 했다. 그래서 한 달 내내 약을 먹었는데 도통 낫지를 않았다. 염증을 몸에 오래 두면 안 될 것 같아 강남에 있는 유명한 병원에 갔더니 방광염이라기에는 피가 너무 많이 나온다며, 암 검사를 해보자고 했다.

암이 아니라는 검사 결과가 나오기까지 일주일이 걸렸

다. 그사이에도 나는 늦게까지 일하고, 출장을 다녀오고, 주말에 출근하는 삶을 살았다. 그럼에도 불구하고 나는 그 6개월 남짓한 인턴 생활 동안 희한하게 행복했다. 여기저기 아프기 시작하고, 집에 가면 쓰러지듯 잠들었지만, 그래도 출근길이 밉지 않았다는 건, 정말이지 신기한 경험이었다.

인턴 생활 동안 묘한 두근거림과 보글보글한 설렘이 잔잔하게 지속되었다. 바쁜 일들이 정신없이 지나가고 나도 그 일에 어느 정도 적응했을 때쯤, 나는 그 보글보글한 느낌의 정체를 알 수 있었다. '아, 이 일이 내가 하고 싶은 일과 닮아있구나.'

내가 보조한 교육 프로그램은 대학생이 사회 문제를 직접 분석해보고 솔루션을 내보는 프로그램이었다. 프로그램 초기에는 다소 지루한 표정으로 앉아있던 친구들이, 현장에 나가고 문제를 겪는 당사자들을 만나면서 눈빛과 태도가 바뀌는 걸 옆에서 직접 볼 수 있었다. 그 열정을 연료 삼아 대학생들은 대학생활과 아르바이트, 심지어 인턴 생활을 하면서도 주에 한두 번씩 교육을 들으러 오고 인터뷰를 진행하러 뛰어다녔다.

교육에 참여하는 교육생들이 열의를 띄고 참여하면 할

수록 내게도 더 강한 책임감이 생겼다. 이들이 더 많은 인사이트를 얻어갔으면 해서 새로운 컨셉의 이벤트를 기획해 보기도 하고, 지난 기수의 교육생들을 모두 불러 모아 인터뷰하면서 전 기수의 경험을 지식으로 남기는 작업도 진행했다. 어려움을 겪는 교육생에게는 사적인 자원까지도 연결해서 도움을 주려 애썼고, 교육생들이 찾지 못하는 정보나 자료를 손수 찾아주기도 했다.

　마지막 출근일이자 교육생들과 함께 워크숍을 다녀왔던 날에는 한 교육생이 나를 꼭 안고 울었다. 긴 시간 동안 이 프로그램에 참여하면서 힘들었는데, 따뜻한 말과 도움이 정말 큰 힘이 되었다며 내가 떠나는 걸 아쉬워해주었다. 교육생 모두가 작성한 롤링 페이퍼와 함께 깜짝 이벤트까지 선물 받으며 이 짧은 인턴 기간을 마무리했지만, 이 6개월은 아마 내 20대의 아주 강력한 순간으로 기억될 것이다.

　고등학교 때 친구들과 학교 텃밭에서 방울토마토를 기른 적이 있다. 친구가 방울토마토 모종 하나를 화분에 심었는데, 너무 커져서 학교 뒤뜰에 함께 심어주었다. 특별한 비료하나 없이 그냥 흙에 심어 물을 준 것뿐이었는데 그 방울토마토는 하루가 다르게 자라 열매를 맺었다. 매일같이 쑥쑥 자라는 방울토마토가 신기해서 지지대를 세워주며 키웠더니 금세 내 명치까지 자랐다.

점심시간마다 새로운 줄기와 잎, 작은 열매들이 생겨나는 것을 보면서 행복해했던 그 기분. 교육 프로그램 참여자들이 성장하는 것을 볼 때도 그와 비슷했다. 신기하고 놀라운 기분. 무언가 더 해주고 싶은 들썩들썩한 기분.

내가 보조했던 교육 프로그램에 참여한 영 케어러(가족돌봄청년)를 주제로 사회문제 해결 프로젝트를 진행한 팀이 있었다. 우연히 그 팀원들과 식사할 자리가 생겼는데, 세 명의 팀원이 식사 내내 계속 서로를 챙기는 걸 보았다. 한 명이 다른 한 명의 수저를 챙겨주고, 또 다른 팀원은 옆에 앉은 팀원이 흘린 음식을 치워주었다. 그 모습을 보며 우스갯소리로 말했다. "뭐야, 이 팀에도 케어러가 많네요!"

식물, 동물, 작은 인간을 잘 돌볼 때부터 알아봤어야 했는데, 나 역시 '케어러Carer'의 기질을 가지고 있다는 걸 인턴 경험을 통해 알았다. 인턴으로 내가 그들에게 해줄 수 있는 일은 정말 작고 사소한 것뿐이었지만, 내가 한 일이 다른 사람에게 자양분이 되고 있다는 사실을 느낄 때마다 무척 큰 효능감을 느꼈다. 하다못해 교육 당일 아침에 미리 주문해둔

아침 식사를 프로그램에 참여하는 교육생들이 잘 먹는 모습만 봐도 행복하다니, 이보다 더 적성에 잘 맞을 수 없겠다 싶었다.

사람의 숨은 동기에 기름을 부어 불을 붙여주는 일, 꼭 교육의 형태가 아니더라도, 내가 누군가의 성장과 행복을 조력하고 좋은 자양분이 되어주는 일을 할 수 있다는 건 정말 감사한 일이었다. 그래서 변기가 피투성이가 되어도 괜찮았다. 일을 하면서 감사함과 보람을 느낄 수 있다는 사실을 발견할 수 있어 기뻤다. 그리고 나중에 어떤 일을 하면 좋을지 약간은 감이 잡혔다. 직업을 넘어선 나의 '업'을 찾을 수 있을 것 같다는 희망만으로도, 안개가 낀 것같이 막연하고 불투명했던 서울살이가 방금 닦은 유리처럼 명확해진 것만 같았다. 나이 스물셋, 첫 사회생활에서 이런 희망을 얻다니. 운이 지독하게도 좋았다.

턱과 어깨에
힘을 풀어야지

인턴 경험은 내가 원하는 일이 무엇인지 방향을 잡아주었을 뿐 아니라, 예비 사회인으로서 생각할 수 있는 '진로'의 개념도 바뀌게 했다. 학창 시절에 내가 이해한 '진로'라는 단어는 '하는 일'의 의미만 담고 있었다. 멋진 삶을 살았다고 책으로 만들어지는 수많은 위인의 이야기를 읽어보면 그 사람들이 타인과 어떤 관계를 맺었으며, 어떻게 휴식을 즐겼는지는 일언반구도 나와 있지 않다. 그저 그 사람이 '어떤 일'을 했는지에 대해서만 나와 있을 뿐이다. 무슨 기술을 개발했고, 어디서 상을 탔고, 어려운 사람을 몇 명이나 살렸고, 회사 매출이 얼마였고… 하는 식으로 말이다. 위인전보다는 오히려 '성과평가표' 같은 그 이야기 중에서 존경하는 인물을 골라

발표해야 하고, 독후감을 써야 하고… 그렇게 남의 성과를 내 성과로 만드는 숙제를 해야 한다. 그러다 보면 우리도 어느새 세뇌당하기 쉽다. 좋은 인생이란 결국 '업적'이 있어야 한다고. 남들이 모두 멋지다고 할 정도로, 일에서 성취를 거두는 인생이라고. 그 마음가짐은 곧 '그러니 나도 무언가 해내야 한다'는 이상한 강박도 함께 전해준다.

떠올리면 아직도 어이가 없는 에피소드가 있다. 고등학교 입학 전, 공부를 아주 열심히 해서 서울대학교, 아니 하버드도 가고야 말겠다는 투지를 불태웠다. 그렇게 좋은 대학에 가서 좋아하는 일을 찾고, 좋은 직장에 가서 '오래오래 행복했답니다'로 인생의 막을 내려야지, 위인전에 나오는 사람들처럼 누군가 나를 오래 기억해줄 수 있는 성과를 내야지, 생각했었다.

그렇게 고등학교에서 첫 시험 기간을 맞았다. 첫날에 가장 먼저 쳤던 시험이 수학과 한국사였는데, 고등학교 시절 수학을 무척 어려워했던지라, 수학을 공부하느라 한국사는 내가 생각했던 것만큼 공부하지 못하고 시험을 쳤다. 시험지를 받아서 문제를 살펴 보는데 이상하게 막히는 기분이 들었다. 열심히 문제를 읽고 어떻게든 풀긴 했지만 아무리 생각해봐도 점수가 잘 나올 것 같지 않았다.

첫 시험부터 제대로 망쳤다고 생각한 나는 집에 돌아와 펑펑 울었다. 어렸을 때부터 항상 학교 시험만큼은 전교권에 들었던지라 시험을 치고 한 번도 울어본 적이 없는데, 집에 돌아온 내가 펑펑 우는 모습에 부모님도 무척 당황하셨다. 그리고 나중에 채점이 끝난 후 점수를 받아본 부모님은 더 당황하셨다. 만점이었기 때문이다. 여기서 어떤 이들은 이런 내가 '재수 없다'고 느낄지도 모르지만, 그저 어릴 적부터 나는 성취에 대한 욕망이 강했다는 걸 말하고 싶었다. 그래서 많이 긴장했고, 온몸에 힘을 주고 살았다. 사람이 긴장하면 몸에 힘이 들어가서 턱을 앙다물게 되고 승모근이 올라간다. 이런 반응이 습관으로 굳어지는 바람에 나는 중학교에 올라가자마자 턱관절 장애가 생겼고, 승모근은 이미 돌덩이처럼 단단해졌다.

'무언가 해내야 한다'는 강박을 완화하는 데는 의외로 경쟁의 도시, 서울에서 맺은 인간관계가 큰 도움이 되었다. 서울에 올라오며 사회생활을 시작하자, 내 관계망은 또래에서 20대 후반, 많게는 40대, 50대까지 넓어졌다. 예전에는 그저 비슷한 환경, 비슷한 고민이 있는 친구들만 만나서 사람의 인생이 그렇게까지 다를 수 있다는 사실을 몰랐는데, 사회에 나가 10년, 20년을 살아남은(!) 그야말로 진짜 '어른'들의 삶은 각기 모두 달랐다는 걸 알게 됐다 나와 내 친구들의 삶을 스펙트럼으로 따지면 A부터 E까지라면, 그들 세상의 스펙트럼은 A부터 Z까지 뻗어 있었다.

그리고 그 다른 삶의 모습들이 각각 다른 이유로 다 좋아보였다. 만약 정말로 유망한 업종, 넉넉한 연봉, 높은 사회적 지위가 '좋은 인생'을 결정하는 기준이었다면 각자의 삶의 모습을 온전히 집중해서 살펴볼 수 없었을 것이다. 하지만 딩크족으로 살며 고양이를 키우는 부부의 모습도 멋졌고, 주말마다 도장 깨기 하듯 여러 지역 축제를 다니는 분의 삶도 근사해보였다.

나는 집에 돌아와 그 사람들을 떠올리며, 그분들이 가진 삶의 형태를 상상하기 시작했다. 그러자 내 마음에는 그들이 휴일에 주로 무엇을 하는지, 어떤 걸 좋아하는지, 어떤 마음으로 일을 하고 있는지, 어떤 가족과 재미있게 살고 있는지, 앞으로 어떤 삶의 도전을 계획하고 있는지 같은 것들만 저절로 남는다.

사회가 사람을 바라볼 때 중요하게 생각하는 것들은 정말 획일적이다. 학생들에게는 학교 성적이나 명문대학 합격

여부 정도일 것이고, 성인에게는 연봉 혹은 사회적 지위 정도일 것이다. 하지만 어떤 사람의 삶이 근사해보이거나 멋져보일 때, 그 이유는 대체로 그런 성과에 있지 않았다. 이유는 오히려 그들의 취미, 성숙한 가치관과 같은 것들에 있었다. 그걸 깨달은 나는 무작정 '돈을 잘 벌면서도 멋진 성과를 낼 수 있는 일'을 원했던 나의 좁은 성취욕을 바꿔야겠다고 생각했다. 더는 거기서 머무를 게 아니라, '삶의 형태를 잘 구성하는 것'으로 확장해야겠다고 생각했다.

일은 삶의 형태를 구성하는 수많은 요소 중 하나일 뿐이다. 많은 시간을 일에 쏟을 만큼 중요하기는 하지만, 내 일은 내가 아니다. 내가 하는 일이 나라는 사람을 설명하는 유일한 것이 되어서는 안 된다.

그러니 희한해도 되고, 말이 안 되도 된다. 조금 색다른 진로를 생각해보자. 나처럼 말이다.

나는 고양이를 좋아해.
자연 구경하는 것도 좋아하니까 자연관찰일지를 쓰는 습관을 들이고 싶어.
내 로망은 추운 겨울 야외 온천에 몸을 담그는 거야.
근데 시간대는 밤인 게 좋겠다.

집에는 항상 과일이 있어야 하고, 꽃보다는 초록 식물이 좋아.

이런 사소하고도 얇은 생각과 행동, 별 거 아닌 듯한 취향도 모두 내가 나아갈 길, 즉 진로였다. 그러니 내 일에 시간과 노력을 쏟는 것만큼, 이들에게도 귀를 귀울여야지. 앙다문 턱과 경직된 어깨에 힘을 풀어야지.

아무 일도 없었는데
왜 눈물이 나지

우리 동네에 놀러 온 자라와 하루 종일 즐겁게 데이트했다. 처음 먹은 인도 요리도 맛있었고, 노래방에 가서 스트레스도 풀었다. 오랜만에 달콤하고 행복한 에너지를 가득가득 마음에 채웠다. 자취방에서 도란도란 수다를 떨다 보니 어느덧 자라가 갈 시간이 되었고, 자라가 떠나자 나는 주저앉아 엉엉 울기 시작했다.

나는 1인가구가 된 이후에 자주 불안하고 꽤 많이 외로웠다. 그리고 한동안 이 감정들의 정체를 찾지 못했다. 적당히 친구도 있고, 애인도 있고, 편안한 집도 있는데, 왜 나는 매번 불안하고 외로울까? 아무렇지 않게 잘 살아가고 있는 듯하면서도 혼자 있으면 슬펐고 자기 전에 종종 울었다. 대체

뭐가 문제일까, 오랜 시간 고민한 나의 대답은 아래 그림과
같다.

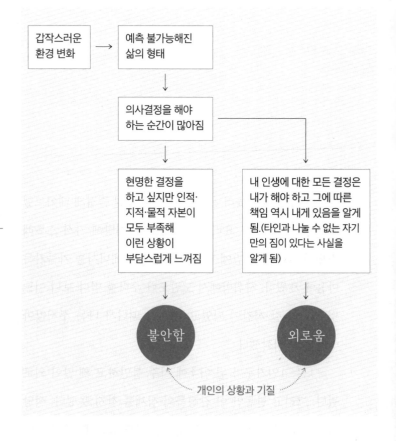

상경은 한순간에 나를 둘러싼 환경을 모두 바꿨다. 나
는 말씨부터 걸음걸이까지 다른 사람들 속에 덩그러니 던져

진 이방인 신세가 되어 새로운 학교에서 적응해야 했다. 게다가 전염병이라는 변수까지 더해져, 수업마저 온라인으로 진행되었다가 오프라인으로 진행되었다가 하며 계속 바뀌었다. 지금 살고 있는 자취방 계약이 끝나면 어디로 가야 할지도 모르겠다. 게다가 '문과냐 이과냐, 영어영문학과냐 경영학과냐' 정도로 선택지가 존재했던 10대의 삶에 비해 20대의 삶은 너무 열린 결말이었다. 학점을 잘 관리해서 대학원에 가야 하나? 역시 창업이 답인가? 시험을 쳐야 하나, 취직을 해야 하나? 그렇다면 어느 직무로 준비해야 할까? 아는 건 하나도 없는데 결정해야 할 것들은 너무 많았다. 결정된 게 없는데 할 줄 아는 것도 아무것도 없고, 그런데 뭐든 해야 할 것만 같은 압박감은 있고. 그래서 막 상경했을 때는 새로운 도전에 대한 신남보다는 불안함이 컸다.

동시에 아무리 다른 사람에게 조언을 구하고, 결정에 참고할 만한 정보를 찾는 과정에서, 결국 내 인생에 대한 모든 결정은 내가 해야 한다는 사실도 자연히 깨닫게 되었다. 그 결정에 대한 책임 역시 나에게 있다는 것도. 이 결정과 책임은 남과 나눌 수 없는 나만의 짐이라는 것도 알게 되었고. 그래서 외로워졌다.

다인가구에서 1인가구로 바뀌면서 책임과 선택의 영역도 훨씬 넓어졌다. 그리고 그에 동반하는 불안함과 외로움도 훨씬 커졌다. 이 둘은 서로 양분을 주고 받으면서 덩치를 더욱 불려 갔다. 이 외로움이 언제 어떻게 끝날지 몰라 불안하고, 불안한 와중에 내 옆에 항상 함께 해줄 사람이 없어 더 외로워진다. 물론 개인의 상황과 기질에 따라 이 감정의 크기는 많이 달라지겠지만, 1인가구로 살면서 불안함과 외로움을 아예 느끼지 않는 사람은 없을 것이다.

불안함과 외로움의 크기를 조절하는 데에도 개인의 기질 차이가 있다면, 나는 그에 취약한 편일 것이다. 스트레스를 쉽게 받고, 사소한 일에도 예민해지는 사람이기 때문이다. 나는 도로변의 차가 클랙션만 한번 울려도 깜짝 놀란다. 손에 있는 핏줄까지 울컥울컥 뛰어 한동안 진정이 안 된다. 심리학자 일레인 아론Elaine N. Aron 박사는 '매우 예민한 사람Highly Sensitive Person'이라는 개념을 만들었는데, 나도 이 부류의 인간이다. 자극과 감정에 민감한 사람인 것이다.

"똑똑. 잘 지냈어?" 반갑지 않은 때에 불쑥 고개를 내미는 불안함은 더 큰 외로움을 만들어낸다. 그 때문에 나는 달에 한 번쯤은 꼭 자취방에서 혼자 울면서 잠든다. 하루 종일 아무 일도 없었어도, 평범하고 행복하게 잘 보내고 나서도 운다. 미래에 대한 막연한 불안감, 다가올 여러 삶의 과제를 잘 헤쳐나갈 수 없을 거라는 무력감, 그런 것들이 섞여 힘든 밤을 만드는 것이다. 자라가 항상 내 옆에 있으면서 달래줄 수도 없고, 울고 있으면 조용히 케이크를 사다주는 가족도 없다. 그러니 1인가구는 별 수 없이 스스로 이런 불안과 외로움의 고리를 끊어내야 한다.

나만큼 생각이 많은 편인데도 감정 폭이 크지 않은 친구가 있다. 이야기를 나눠보면 복잡한 생각은 혼자 다 하는데 먼저 물어보지 않으면 주변인에게 털어놓지도 않고, 우는 소리도 하지 않는다. 그게 신기해서, 그 친구에게 미래에 대한 불안감이 생길 때 어떻게 하느냐고 물어본 적이 있다. 친구는 가뿐히 두 마디로만 대답했다.

"30분 정도 가볍게 산책 나갔다가 얼굴 한번 싹 말끔하게 씻으면 돼. 그러면 돼."

당시 하루에 30분 이상 걸으면 침대에서 3시간은 요양해야 했던 시절에 들었던 말이라 '뭔 말이지?' 하고 대수롭지 않게 넘겼었는데, 강아지를 키워보며 최소 하루 두 시간을 길

바닥에서 보내게 되면서 그 말이 무엇인지 확 와닿았다.

또 나처럼 예민한 사람은 산책하러 밖에 한번 나가면 정신이 없다. 나쁜 뜻이 아니라, 무언가를 깊이 생각할 틈이 없다는 뜻이다. '오, 저 차 예쁘네', '헉! 고양이다!'와 같은 감탄사와 단문이 섞인 생각만 하게 된다. 게다가 슬금슬금 땀도 나기 시작한다. 얼굴에 맞부딪혀 오는 바람은 시원하지만, 바깥공기에 노출된 얼굴은 묘하게 찝찝해서 얼른 씻고 싶은 마음이 생기는데, 걸었더니 잠도 깨고 기분은 좋아져서 결과적으로는 찝찝하고 활기찬 사람이 된다. 그렇게 동네 한 바퀴 돌고 집에 와서 찬물 세수를 하고 나오면 "으아!" 하는 아저씨 감탄사가 절로 나온다. 얼굴이 찝찝해서 씻고 싶었던 욕망도 해소되었고, 걸으면서 나왔던 행복 호르몬 세로토닌은 여전히 돌고 있고, 내가 산책 전에 무슨 생각을 했는지는 기억도 나지 않고. 산책은 정말 극적인 효과를 내주었다. 이제 얼굴 한번 싹 닦고 다음 일과를 하면 된다.

상경한 지 몇 년이 지난 지금, 이제는 아무 일도 없었는데 눈물이 나는 밤은 찾아오지 않는다. 가끔 불안과 외로움이 슬금슬금 기어 올라올 때가 있지만 딱 거기까지. 불안과 외로움이 서로 이야기를 주고받으면서 덩치를 불리고, 그 덩치에 내가 잠식될 때까지 두지는 않는다. 아무리 이른 아침이라도, 아무리 늦은 저녁이어도 안전한 산책로를 찾아 살금살금 산책하러 나가서 폴짝폴짝 집에 들어온다.

　사실 우리가 생각하는 최악의 상황은 웬만해서는 잘 일어나지 않는다. 그렇다면 우리가 그렇게 걱정해야 할 일도 없다. 엄청난 절망과 시련이 들이닥쳐도, 우리의 삶은 그렇게 '끝장'나지 않는다. 진로? 찾으면 되는 거고. 돈? 벌면 되는 거고. 애인? 안 맞는 관계는 놓아주고 새로 찾으면 되는 거고. 찐득찐득한 가족? 독립도 할 겸 거리를 두면 된다. 그 과정이 힘들고 아파서 그렇지, 사실 이미 결정은 나 있고 우리는 하기만 하면 된다. 그리고 정해진 결정을 따르기 위해서는 그 힘든 과정을 버텨낼 에너지가 필요하다. 그러니 방구석에 콕 박히는 삶이 힘들다면 차라리 씩씩하게 걷고 돌아와 세수를 하자.

엄마,
아이스박스가 따뜻해!

엄마는 고추장이니 양파니 하는 것들을 종종 아이스박스에 담아 서울로 보낸다. 그 안에는 음식을 보관하는 게 부담이 되지 않도록 감자 몇 개, 양파 몇 개, 쌀이 담긴 2L 페트병 2개, 내가 좋아하는 반찬 조금씩, 집에 있으면 종종 쓰이는 신문지와 새 수건까지 들어 있다. 적당한 크기의 아이스박스를 구해, 그 안에 물건을 야무지게 꼭꼭 눌러 담아 우리 집 주소를 써서 택배원에게 건넸을 엄마의 모습이 훤하다. 보내놓고 '반찬이 상하지 않았으려나', '감자는 바람이 잘 통하는 곳에 둬야 하는데' 하며, 택배를 잘 받았다는 내 전화가 걸려 오기 전까지 신경을 쓰고 있겠지. 아빠는 아이스박스를 싸는 엄마를 보고 "거~ 애 귀찮다! 보내지 마라!"며 괜히 툴툴거렸을 것이다.

시골 마을에서 출발해 이틀이 지나 서울 한복판에 떨어진 엄마의 아이스박스를 받은 나는 뽑기 기계에서 장난감 캡슐을 뽑은 기분으로 집에 도착하자마자 박스를 연다.

'오, 들기름이네. 들기름으로는 뭐 해 먹지?'

'감자는 된장찌개에 넣고 전도 해 먹어야지!'

'아, 김치 다 떨어져 가는데 보내달라고 하는 거 까먹었다.'

랜덤 이벤트 경품을 확인하는 것처럼 하나씩 들여다 보고, 새로 이사 온 식재료들의 자리를 마련해주려 냉장고를 정리하고, 받은 것들을 차곡차곡 옮겨 담고, 아이스박스에 붙은 테이프를 깨끗하게 떼서 분리수거를 하고 돌아온다. 그리고 그날 저녁으로 감자를 넣은 된장찌개를 해 먹으면서, 서울에서도 엄마의 존재를 느낀다. '이것도 해야 하는데, 저것도 해야 하는데' 하며 온종일 동동거리는 바람에 쌓여버린 긴장이 확 풀리는 순간이다.

신기한 일이다. 아무리 거지 같은 하루를 보냈어도, '이제 더는 못하겠다!' 싶은 우울한 하루를 보냈어도, 엄마의 손을 타고 전해진 음식들로 밥을 해 먹고 나면 기분이 훌쩍 나아진다. 엄마가 해준 밥도 아니고, 엄마가 당장 내 곁에 있

는 것도 아닌데. 집에서 쓰는 고추장과 된장을 받아 써서 맛
이 비슷한 것도 있겠지만, 내 기분은 단순히 거기서만 완성되
는 게 아니다. 작고 약한 엄마가 본인보다 훨씬 건장한 딸 하
나를 위해서, 집에 있는 식재료를 야금야금 모아와, 차곡차곡
아이스박스에 넣는 모습이 그려져서 그렇다. 그 모습을 그려
보면 엄마가 너무 귀엽게 느껴지고, 그 귀여운 중년 여성에게
사랑받고 있다는 느낌이 들어 행복해진다. 떨어져 있어도 평
생 엄마와 딸일 관계, 그 사이를 증명하듯 간간이 아이스박스
를 타고 전해지는 엄마의 사랑이 사막에서 만난 오아시스처
럼 참 달다. 그래서 조금은 염치없이, 엄마에게 전화를 걸어
이것저것 보내달라 요구하는 편이다. 집에 김치도 없고, 된장
도 없고, 쌀도 없다며 우는 소리도 좀 하고. 밭에 대파랑 상추
도 좀 뜯어서 보내달라고 한다.

결혼한 지인은 엄마가 사위의 생일상을 차리는 게 부담
스럽다고 했다. 사위가 좋아하는 생선 요리, 고기 요리 같은
걸 하느라 오래 부엌에서 일하는 것도 싫고, 왕복 3시간이 걸
려 딸 집을 운전해서 오가는 것도 고생스러워 보인다고. 그래
서 요즘 회사가 바빠서 시간이 없다며, 이번 생일에는 오지
않아도 된다고 말했다고 했다. 그런데 세상에, 그 지인의 엄

마는 아이스박스에 생선 요리 같은 걸 가득 담아서, 그 먼 거리를 운전해서 와서는 집 앞에 아이스박스만 덜렁 두고 돌아가셨다고 한다. 내 지인은 "아~ 엄마! 안 해줘도 된다니까!" 하면서 미안함에 발을 동동 굴렀을 것이고, 남편은 자신이 좋아하는 요리들로 꽉 채워진, 그야말로 하늘에서 뚝 떨어진 선물 박스를 받고 어리둥절할 것이다. 엄마는 멀리 사는 자식에게 뭐라도 하나 더 해주고 싶어서 동동, 딸은 고생하는 엄마가 안타까워서 동동. 더 동동거리는 사람이 이기는 거고, 항상 이기는 건 엄마들이다.

엄마와 딸만큼 찐득하고 질척이는 관계가 있을까? 대체로 둘은 서로를 혐오하는 동시에 서로를 지독하게 사랑해서, 꼬였을 때 가장 풀기 어려운 관계가 된다. 친한 언니는 내가 늦둥이라서 부럽다고 했다. 언니의 엄마는 언니를 너무 어릴 때 낳아서, 언니에게 할 말 못할 말을 구분하지 않고 했었다고. 또 어느 친구는 아빠에게 꼼짝 못하는 엄마가 밉다고 했다. 아빠가 자기를 방에 넣고 문을 잠근 다음 삼단봉으로 때려도 말리지를 않았다고, 아빠만큼이나 엄마를 원망한다고 했다. 나 역시 엄마와의 관계가 마냥 산뜻한 것은 아니다. 시부모가 엄마에게 낸 생채기와, 장애아의 보호자로 살아가며 얻은 엄마의 상처는 나에게까지 전이되었으니까. 엄마의 응어리는 내 마음속에도 응어리를 만들었고, 이 응어리는 가끔 나를 괴롭힌다.

　하지만 내가 늦둥이인 것을 부러워했던 언니는 매년 엄마랑 프로필 촬영을 하고, 엄마를 원망한다고 말했던 친구는 엄마와 곧잘 해외여행을 떠난다. 그리고 나는 우리 집에서 300km 떨어져 있는 본가에서 엄마가 보내온 아이스박스를 오늘도 또 받았다.
　찐득하고 질척거려 때로는 힘들었던 거리가 300km로 벌어졌다. 몸이 멀어지면 지긋지긋한 마음의 점성도 힘을 잃나 했더니, 엄마의 아이스박스가 그 점성을 타고 날 찾아왔다. 차가워야 할 아이스박스가 참 따뜻하다.

사랑을 쏟아낼 준비

서울에 있다 보면 가끔 본가의 폭신함을 그리워한다. 냉장고에는 항상 음식이 있고, 어제 입었던 옷이 오늘 빨래 건조대에 널려 있는 공간. 비싸고 넓은 매트리스에서 뒹굴거리며 심심하면 언제든 말을 붙일 사람이 있었던 공간.

본가는 주택이어서 아파트나 빌라에 사는 사람들에 비해 소음 스트레스도 적었고, 어린 내가 뛰어놀아도 제지할 이유가 없었다. 덕분에 나는 요즘 아이들 대부분이 얻지 못한 혜택을 누렸다. 학창 시절 버거운 일 때문에 잔뜩 긴장한 몸도, 집에 들어서면 흐물흐물해졌다. 따뜻한 물로 씻고 엄마가 미리 데워준 온수매트에 누우면 그만한 행복이 없었다.

서울에 살다보면 생각보다 부모님 생각이 많이 난다. 아무래도 농촌에 비해 서울이 맛있는 음식도, 예쁜 볼거리도 많아서 그럴까? 예쁜 옷이나 좋은 음식을 먹으면 엄마가 생각나고, 근사하게 차려입고 비싼 차를 몰고 다니는 꽃중년 아저씨를 보면 아빠가 생각난다. 그래서 나는 서울에 올라온 지 꽤 되었음에도 불구하고 본가에 자주 가는 편이다. 대한민국 평균 수명으로 계산해보니, 달에 한 번 본가에 가도 부모님을 고작 200번 조금 넘게 뵐 수 있었다. 그런 생각이 들 때면 '내가 뭐 하러 서울에 올라와 있나'하는 생각이 든다.

아빠는 내게 집 근처의 대학에 가라고 했다. 그냥 그렇게 할 걸. 따뜻한 물로 씻고 엄마가 미리 틀어준 온수매트에서 잘 걸. 내가 그런 보살핌을 그리워하는 마음과, 내가 곁에 있길 바라는 부모님의 마음의 양은 어쩌면 같지 않았을까 생각한다.

회사에서 인턴으로 일할 때 만난 내 상사는 '장성한 자녀에게 가장 좋은 부모는 노느라 바빠서 자녀의 연락을 잘 받지도 않는 부모'라고 했다. 그 말이 웃기기도 하고, 또 슬프기도 했다. 아쉽게도 한평생 노동하며 살아온 내 부모님은 노동하지 않고 시간을 보내는 방법을 잘 모르기 때문이다.

사람에게도 관성이라는 게 있다. 우리 부모님은 내가 여행을 가자고 억지로 끌고가지 않는 한 집을 벗어나지 않으려고 하고, 평소처럼 일을 하지 않는 날에는 참지 못하고 텃밭으로 달려가 농작물을 살핀다. 누군가는 즐거움을 위해 당연하게 여기는 소비도 부모님께는 모두 아까운 것으로 남는다. 물론 아직 완전히 독립하지 못한 나의 미래를 함께 대비해주는 마음이 가장 크겠지만, 예쁜 것을 구경하느라 시간과 돈을 쓰는 방법이나, 맛있는 음식을 먹기 위해 먼 길을 운전해 웨이팅을 하는 마음 같은 것. 그런 것을 부모님은 갖지 못했다. 이분들은 삶을 사는 것일까, 살아내는 것일까?

그런 부모님을 확실하게 행복하게 만드는 방법이 있다. 바로 내가 자주 연락하고 자주 찾아뵙는 것. 교통비 아깝다며 오지 말라고 퉁명스럽게 말해도, 막상 표정을 보면 하염없이 웃고 계신다. 근황을 나누다 보면 서울에서 밥벌이든 공부든 1인분은 하며 지내는 나를 신기해한다.

그래서 나는 짬이 날 때마다 왕복 10시간을 견뎌 시골로 간다. 조그맣고 귀엽게 생긴 60대 여성은 김치찜을 미리 해두고, 곰돌이 푸우처럼 배가 불러 있는 60대 남성은 트럭을 끌고 터미널에 마중을 나온다. 내려갈 때마다 매번 살이 빠졌다며 호들갑을 떨고, 뭘 먹고 싶냐고 묻는다. 만날 때마다 반복되는 이 똑같은 루틴에서 나는 미리 데워진 온수매트와 같은 온기를 느낀다.

예전에 나보다 먼저 타지에 일찍 정착한 친구가 말한 적이 있다. "이제 본가가 불편해. 내려간 당일은 가족들이 너무 반갑다가도 다음 날이면 올라오고 싶더라고." 당시 나는 어떻게 20년 넘게 같이 생활한 가족이 불편할 수 있는지 이해하기 어려웠다.

그런데 어느 순간, 나도 본가에 3일 이상 머무르면 불편해지기 시작했다. 자꾸 집에 있는 화분의 흙이 마르진 않았을까 걱정되고, 본가의 비싸고 넓은 매트리스 대신 원룸의 좁고 싼 매트리스의 촉감이 그리워진다. 내려오기 직전에 보고 왔는데도 애인의 얼굴이 보고 싶다.

'아, 이게 서울에 정을 붙였다는 거구나.' 서울에 소중한 것들이 하나둘 생기면서, 본가에 오래 있는 것이 조금 불편해졌다. 불편하다기보다는 그래, 안절부절못하겠다는 표현이 맞겠다. 서울에서 본가를 떠올리면 아련하다. 표준국어대사전의 정의에 따르면 아련하다는 표현은 '똑똑히 분간하기 힘들게 어렴풋하다.'는 말이다. 특정한 물건이나 사람이 그립다기보다는 유년의 추억과 부모님의 상냥한 보살핌 같은 것들이 섞여서 내 마음속에 들어온 그 분위기. 그 분위기가 그립다.

하지만 본가에서 서울을 떠올리면 뚜렷한 몇 가지가 머리에 떠오른다. 동백나무가 담긴 화분의 흙, 애인의 손바닥, 회사에서 들리는 소란한 타이핑 소리 같은 것. 내 둥지에서 펼쳐지는 나만의 당연한 일상이, 내가 뚜렷하게 바라는 것들이 떠오른다.

회사에서 일하다가 본가에 내려가면 꼭 이세계에 떨어진 외부인 같은 심정이 된다. 정신없이 눈앞의 과제들을 해치우다가, 더는 전쟁이 없는 세상으로 떨어진 기분이다. 그곳은 아늑하고 평화롭고 사랑이 넘치지만, 너무 평화롭고 사랑이 넘치는 곳이라 오히려 안절부절못하겠다. 이러고 있을 게 아니라는 생각이 들며 엉덩이가 들썩들썩한다.

나는 사랑을 받는 것도 좋지만 쏟아내고도 싶다. 내 동백나무 화분의 흙에도, 애인의 손바닥에도, 회사의 키보드 위에도.

가끔 사랑이 부족하면 본가에 간다. 때때로 서울의 좋은

음식, 예쁜 길거리, 비싼 외제차를 누리지 못하는 게 안쓰러
운 부모님께, 작은 사랑과 미안한 마음을 담아 본가에 내려간
다. 그런 마음으로 찾아가서는, 오히려 내가 한가득 치유받기
도 한다. 따뜻하고 맛있는 집밥, 촌스러운 접시에 가득 담긴
과일 조각, TV를 보며 함께 나누는 수다, 한적한 시골 풍경,
빌딩의 불빛 따위 없는 차분한 어둠, 흙먼지가 앉도록 밭을
뒹굴거리는 길고양이의 모습까지.

　　하지만 본능적으로 나는 거기서 튕겨져 나온다. 언제나
그곳에 있지 않을 내 부모님을 뒤로하고. 영원히 평화로울 것
같은 그 시골 마을에서 고개를 돌린다. 내가 부모님 사랑의
결과물이듯, 나도 나만의 무언가에 마저 사랑을 쏟으러, 다시
서울행 버스에 오르며 생각한다. '이건 어른이 되는 자연스러
운 과정일 거야. 나만의 장미를 찾았던 어린 왕자처럼, 알을
깨고 나왔던 데미안처럼.'

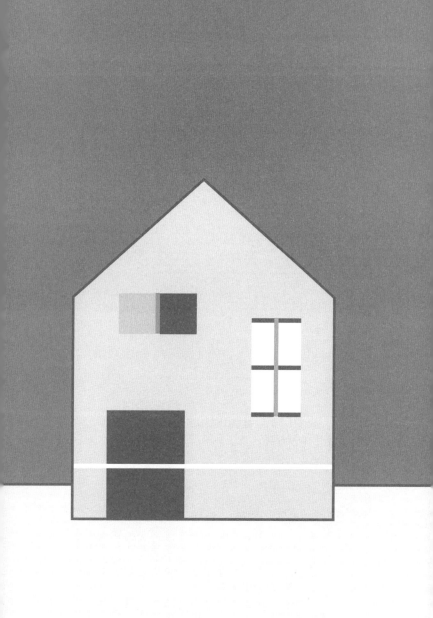

정신이 들어요?
이제부터 혼자 사셔야 해요

초판　1쇄 발행 2023년 12월 27일

지은이　둥지
편집　목경주
디자인　여만엽

펴낸곳　와이즈로
출판등록　2019-000078호
주소　서울특별시 금천구 디지털로9길 32 갑을그레이트밸리 A동 504호
전화　02-2106-8877